LA ROBE

REMERCIEMENTS

À Jean-Michel Ullmann, le premier à avoir encouragé et soutenu mon projet d'écriture.

À Hubert Letiers, hélas disparu, pour sa bêta-lecture pointue, constructive et bienveillante.

À Micheline Lescure, gardienne de l'orthographe et de la grammaire, pour son amitié et sa vigilance infatigables.

À Myriam Klaperman pour la finesse de sa lecture et la tendresse qu'elle met en toute chose.

À Rémy, mon mari, lecteur de référence sur lequel je teste mes chapitres au fur et à mesure qu'ils s'écrivent, et qui se prête au jeu de bonne grâce.

A mon fils P.J. pour son soutien artistique.

1

Quel mot utiliser pour désigner un homme avec lequel on entretient une liaison amoureuse ni clandestine ni conjugale ni exclusivement sexuelle ?

Mon amant : trop théâtral, ça se joue à trois, il faut un mari trompé. Mon homme : et moi, je suis ta femelle ? L'homme de ma vie : aussi définitif que la carmélite qui a prononcé ses vœux. Mon bon ami : pas avant quatre-vingts ans. Mon partenaire : de quoi? Inimaginable pour Yxelle de dire mon compagnon qui suppose un couple officiel ou mon mec qui trahit une violente nostalgie pour l'époque où il y avait des hommes, des vrais, des julots. Et la danse qu'il t'aurait collée le samedi soir, ton homme, ton mec, ton julot, histoire de t'attendrir après avoir bu un verre de trop, ça te rend nostalgique, t'es bien sûre ?

Par défaut, Yxelle utilise le mot amoureux. L'amoureux en titre (six mois d'ancienneté) s'appelle Luis, qu'elle soupçonne d'avoir trafiqué son prénom pour faire plus *world culture* et gommer ses origines bourgeoises. Quand on vend l'idée de la révolution, comme c'est le cas de Luis, professeur de sociologie à l'université, il vaut mieux faire oublier que dans son cas c'est un sport de riche. N'empêche, avec elle, sait y faire.

Apparition, disparition, tu m'vois, tu m'vois plus. Jamais de projets de vie commune, avec lui c'est vibration à tous les étages. Yxelle a cru un moment avoir rencontré l'homme idéal.

Il revient de New York après une semaine d'absence. Il a râlé parce que ce n'était pas un vol direct et qu'il allait faire escale à Zurich. Facile dans ces conditions de trouver son heure d'arrivée et de lui faire une surprise. Une fois n'est pas coutume, elle va l'accueillir au terminal de Roissy. Il va adorer ça et elle se demande s'ils ne vont pas devoir faire escale au Hilton le plus proche avant d'atteindre Paris. C'est dans la perspective de ce rendez-vous, qu'elle imagine chaud-bouillant, qu'elle s'est habillée avec soin, et peu maquillée - pour éviter de ressembler à la palette du peintre au lieu de son modèle, dès les premières effusions.

Elle entre dans la foule, afin qu'il ne la voie pas tout de suite, s'apprêtant à émerger à la dernière minute, lorsqu'il serait à deux mètres d'elle, pour un effet de surprise saisissant.

Et là… elle imagine très bien la scène, il l'enlace de son bras libre (de l'autre il tient son sac de voyage) et ils se roulent la pelle du siècle devant tout le monde parce que c'est comme ça, ça se joue à deux contre l'humanité, avec arrogance, les amants étant persuadés qu'eux seuls détiennent le mode d'emploi, qu'eux seuls incarnent le désir. Eux, les amants, incandescents sur fond de foule grise.

Elle le voit arriver de loin, pas vraiment beau, pas très grand, mais une présence, un truc de malade, elle se sent toute chavirée, même à cette distance. Il balade son regard sur la foule de ceux qui attendent derrière les barrières - ne me dites pas qu'il avait deviné qu'elle allait venir - et il ne la voit pas, ouf, il ne l'a pas vue. Soudain Luis arrête son regard sur quelqu'un derrière les barrières, à une dizaine de mètres sur sa droite, quelqu'un qu'elle identifie comme étant une femme. Zoom intense sur la femme et froid glacial dans l'échine. Ce qui est bien avec l'adrénaline, c'est qu'elle vous prévient lorsqu'il y a un danger avant même que vous l'ayez senti. Pas besoin de lui faire un dessin pour qu'elle saisisse qu'il y a deux femmes dans cet aéroport à attendre Luis, et qu'elle est de trop.

Un nouveau zoom sur la femme lui montre une jolie rousse aux pommettes hautes avec un carré impeccable, qui lui fait aussitôt penser à Stéphane Audran. Que faire, se demande Yxelle tout en avançant vers la femme pour se retrouver à la même hauteur qu'elle lorsque Luis la rejoindra. Que faire lorsqu'on attend le même homme que Stéphane Audran ? Remonter dans sa voiture et repartir ? Aller acheter une bouteille de vodka, la vider en avalant des somnifères, fermer les volets et dormir pendant vingt-quatre heures ?

Hors de question, pour une femme frontale comme Yxelle et de surcroît rompue aux situations conflictuelles.

Chez elle, c'est le goût du combat qui prend le dessus, les larmes viendront plus tard, lorsque la colère sera retombée et que l'éruption d'énergie qui accompagne sa montée aura été employée à un scandale mémorable.

Elle avance, anesthésiée par la rage qu'elle sent monter, elle avance, et soudain, Luis la repère. Stéphane Audran a capté à son tour le regard de Luis qu'elle suit jusqu'à Yxelle. Les deux femmes se tiennent à présent par les yeux en ligne de mire. Ça tient du western tandis qu'Yxelle se rapproche pour se figer à deux mètres de Stéphane Audran. Ça se passe très vite, il faut décider sans délai dans ces cas-là: ennemie ou pas ennemie? Stéphane Audran dévisage Yxelle et son regard semble dire Pas mal, pas mal du tout. Yxelle sent ces choses-là, si on l'aime, si on la déteste, si on se méfie, si on la jalouse, si on la désire, si on a peur d'elle, bref, le rapport animal de base avec autrui.

Elle répond du regard à Stéphane Audran *merci pour le compliment… nous sommes trop bien lui, vous ne trouvez pas ?* Les beaux yeux de biche de Stéphane Audran semblent l'approuver oui, trop bien pour lui, qu'est-ce qu'on fait ?

Luis sent qu'il y a le feu, s'il veut en sauver au moins une, il lui faut agir vite, alors il attrape Stéphane Audran par le bras et l'éloigne en comptant sur sa satisfaction d'être l'heureuse élue.

— Viens, lui dit-il, on s'en va, l'autre n'a rien à faire ici, je t'expliquerai.

Au moment où Yxelle les voit s'éloigner, elle se sent comme ces personnages de cartoons lorsqu'ils se rendent compte soudain qu'ils marchent au-dessus du vide et tombent alors comme une pierre.

Yxelle se dirige d'un pas mécanique vers le siège le plus proche sur lequel elle s'affaisse plutôt qu'elle ne s'assoit. KO technique sans combat. Elle sait à présent ce que signifie perdre la face. Elle est soufflée au sens propre, comme un feu de derrick éteint à la dynamite, effondrée sur elle-même.

— Et si nous allions prendre un café…

Telle une apparition de la Sainte Vierge, Stéphane Audran se tient devant elle, nimbée de lumière car elle est placée en contre-jour.

— Pour une surprise…

— Il faut croire que c'est la journée des surprises.

Yxelle est émotive. Le retournement de situation inespéré la fait passer en un instant du trente-sixième dessous au comble de la joie et de l'excitation. Elle est transportée. C'est de l'ordre du coup de foudre. Yxelle relance le jeu.

— Et si on allait le prendre ailleurs ce café ?

— Ailleurs ?

— Ce serait dommage de ne pas en profiter, il y a des avions qui décollent toutes les trois minutes.

Yxelle lève la tête vers le panneau des départs.

— Il y a un avion pour Rome dans une heure, ça vous dirait ?

2

Cette complicité immédiate entre deux femmes qui ne se sont rencontrées que pour se trouver au même endroit au mauvais moment tient du miracle.

Jusqu'à ce qu'elles soient assises dans l'avion leur échange se limite au strict minimum, pour l'achat des billets, et les formalités d'embarquement. On pourrait les prendre pour des amies de longue date qui se comprennent de manière tacite.

La perspective de monter dans un avion a pour effet de rendre Yxelle muette de peur. A une époque où l'avion se prend comme le métro, impossible d'avouer sa peur de l'avion sans passer pour une arriérée. Yxelle serre les dents et les poings à en avoir les jointures blanches jusqu'à la fin du décollage. Lorsque l'avion a terminé sa montée et que les signaux lumineux autorisent les passagers à détacher leur ceinture de sécurité, Yxelle se détend un peu et engage la conversation, histoire de ne pas se faire le scénario du pilote suicidaire fonçant sur une montagne avec tous ses passagers. Margot lui fait un sourire de connivence :

— Vous aussi, vous avez les chocottes ?

— Oui, cela me fait l'effet de risquer ma peau à chaque fois, on a beau me mettre les statistiques sous le nez, l'animal qui est en moi ne veut rien savoir.

Mais cette fois, on dirait que l'animal en moi voulait s'enfuir de l'aéroport par n'importe quel moyen !

Margot approuve en hochant la tête *tout pareil pour moi.* Après une pause Yxelle en vient au fait :

— Vous connaissez Luis depuis longtemps ?

Stéphane Audran qui, en vrai, se prénomme Margot, hoche la tête :

— Je croyais le connaître. Je suis mariée avec lui. Lorsqu'il est mon mari il s'appelle Charles.

Stupéfaction. Silence.

— Vous avez des enfants ?

— Oui, une fille de seize ans.

— Pourquoi avez-vous choisi de m'accompagner ?

— Dans cette situation que j'ai découverte en même temps que vous, je me suis sentie plus proche de vous que de lui. J'ai eu la même envie que vous, partir loin, fuir le grotesque.

— Qu'allez-vous faire ?

— Aucune idée. Pour le moment, aller prendre un café à Rome me paraît la meilleure chose à faire.

Dès leur arrivée à Rome elles ont filé droit dans le quartier du Trastevere. Sur la terrasse d'une petite trattoria, dans ce territoire miniature délimité par une guirlande de petits lampions multicolores accrochés aux branches d'un arbre, Yxelle se sent au bon endroit au bon moment.

Elle contemple son verre de vin blanc sublimé par la lumière dorée de l'Italie.

C'est Margot cette fois qui pose la question.

— Vous l'avez connu comment, Luis ?

— Dans un bar d'hôtel où j'aime aller avec mon portable pour travailler en sirotant un martini blanc. Il était installé pas loin de moi, lui aussi avec son ordinateur. Au bout d'un moment, on s'est regardés, on a ri et vous connaissez la suite.

— Il vous a dit qu'il était marié ?

— Non, Luis est célibataire, un célibataire qui voyage beaucoup. N'ayant pas beaucoup de place dans ma vie pour mes affaires sentimentales, son peu de disponibilité me convenait bien, je n'ai demandé qu'à le croire.

— Ce qui est vrai dans son histoire, c'est que Charles voyage beaucoup lui aussi. Et je me doutais qu'il ne restait pas tout seul dans sa chambre d'hôtel. En revanche, à Paris, je pensais avoir l'exclusivité.

— C'est pour ça que vous êtes venue à l'aéroport, vous aviez un doute ?

— Aucun, j'ai eu envie de lui faire une surprise. Comme autrefois.

— De ce point de vue, le résultat a dépassé vos espérances !

Margot esquisse un sourire amer et reste silencieuse.

— Et vous Margot, vous l'avez connu comment ?

— En fait il est venu me consulter pour me confier son divorce.

— Vous êtes avocate ?

— Oui, spécialiste en droit de la famille. Ce n'est pas très glorieux, mais on n'a même pas attendu la fin de la procédure pour devenir amants. Bonjour la déontologie ! C'est un homme qui n'attend pas, il ne s'impatiente pas, ne trépigne pas, il n'attend pas, c'est tout.

— Je sais.

— On peut dire qu'aujourd'hui sa stratégie a trouvé sa limite !

Les deux femmes rient de tout leur cœur à l'évocation de la déroute de leur amant commun.

— Et alors, pour votre dossier, le résultat a été bon ?

— Il s'en est bien tiré ! Mais comme la plupart des clients quand ils obtiennent un bon résultat, il a eu l'air de trouver ça normal.

L'arrivée des Bucatini alla gricia que le serveur vient de leur apporter, interrompt leur conversation. Yxelle goûte le vin et lève son verre :

— Le Lacryma christi a meilleur goût que des larmes de femme bafouée. À vous, Margot, qui m'avez sauvée du naufrage.

— À vous, qui m'avez quasiment enlevée en me faisant cette absurde proposition d'un café à Rome.

— Nous avons fait ce que les hommes ne font plus et qu'on aimerait tant qu'ils fassent, vous ne trouvez pas ?

— Vous voulez dire nous enlever ?

— Nous enlever, nous emmener au septième ciel, des trucs comme ça ! Et à la place, on se retrouve à regarder tourner le tambour de la machine à laver !

— En somme nous voilà devenues des prototypes de l'homme idéal !

Yxelle s'exclame :

— L'homme idéal est une femme, voilà un titre formidable pour un article.

— Vous êtes journaliste ?

— Oui, spécialisée dans les thèmes de société. J'enquête et je ponds un article.

— Et votre prochaine enquête, elle porte sur quoi ?

— Je vais le savoir bientôt, la directrice de la rédaction veut me voir, elle me bombarde de messages. Je flaire un sujet sur le mariage, c'est un marronnier à cette saison.

— Sérieusement, avec ce que vous êtes en train de vivre, vous le tenez votre article, il n'y a plus qu'à l'écrire.

— Après la révélation que l'homme est une femme comme les autres, on va leur expliquer à présent que l'homme idéal est une femme ! Le message est complexe vous ne trouvez pas ?

— Ça dépend pour qui…

— Vous voulez dire pour celles qui ne croient pas que l'homme idéal existe ?

— Celles qui ne sont pas restées sur les rêves de l'adolescente qui attend celui qui va apparaître dans le costume du marié pour le plus beau jour de sa vie.

— Il n'a pas beaucoup de consistance l'homme idéal tel que vous le décrivez.

— Moins il a de consistance mieux c'est. Il suffit qu'il puisse rencontrer les croyances de celle qui l'attend pour jouer son rôle dans la scène féérique du mariage.

C'est tout ce qu'on attend de lui. C'est une silhouette.

— A vous entendre, on croirait une athée de l'amour !

— Pas du tout, cette histoire d'homme idéal n'a rien à voir avec l'amour, c'est une résurgence des contes de fée de notre enfance. Pour avoir une robe de princesse, il faut épouser le Prince. Vous ne vous êtes jamais demandé ce que signifiait toute cette mise en scène autour du mariage ? Les mariages sont des bals costumés, ni plus ni moins, et tout le monde adore se déguiser.

— Du coup, à quoi croyez-vous ?

— À tous les possibles entre le plus petit dénominateur commun et le plus grand dénominateur commun.

3

Lorsque l'avion atterrit à Roissy, Yxelle atterrit en même temps dans son quotidien. Le quotidien d'une quinqua qui vit en solo une semaine sur deux avec une adolescente de quinze ans, et vient de voir se briser une histoire amoureuse à laquelle elle commençait à croire. Elle se sent gonflée à bloc, plus en forme qu'après une semaine de vacances. Elle ne ressent aucun chagrin de sa déconvenue retentissante avec Luis, tant le dénouement inespéré de sa sortie avec Margot a anesthésié en elle le sentiment d'abandon et d'humiliation. Ce qui reste de cette mésaventure, c'est qu'elle pourra en faire un récit dans lequel elle est sortie victorieuse. Et elle ne va pas s'en priver.

Certains s'emploient avec la dernière énergie à cacher leurs défaites, voire à mentir ou tricher si nécessaire pour éliminer tout couac dans leur biographie. Yxelle n'a pas ce genre d'orgueil et se rit de ses tribulations. Elle vit sa vie comme une tragi-comédie dont elle serait à la fois le personnage principal et l'auteur. Tout ce qui lui arrive devient le matériau de son roman personnel sous la forme de petits récits — souvent désopilants— qu'elle réserve à ses proches. Rire et faire rire de situations dont elle pointe le comique, lui permet de les purger de leur côté catastrophique.

De ce point de vue, ce qu'elle a vécu à l'aéroport pourrait donner lieu à des lamentations, amour perdu, angoisse de la solitude, heures qui tournent sur l'horloge de sa vie, les hommes sont tous les mêmes, on ne peut pas leur faire confiance, trahison, trahison, trahison, elle pourrait se vautrer dans la plainte, mais non, ce qu'elle a envie de restituer c'est une scène de vaudeville. Les deux femmes bafouées partent ensemble, l'amant infidèle se retrouve cocu, tout le monde rit. Comique.

Dans le RER B qui la ramène vers Paris, Yxelle savoure la jouissance que lui a procurée la scène de l'aéroport — oui, de la jouissance, c'est ce qu'elle a ressenti à cause du dénouement inespéré et théâtral. Une scène d'un rythme et d'une esthétique comme elle les aime, montée du désir, excitation extrême à la perspective d'une surprise agréable, puis, coup de théâtre, stupéfaction, chute du vingtième étage et pour finir, au moment où tout est perdu, où elle va se crasher, retournement de la situation et sortie triomphale avec sa supposée adversaire.

Et là, au milieu des usagers tournés vers l'écran de leurs Smartphone comme les tournesols vers le soleil, Yxelle se sent vivante, seule de cette foule à contempler son écran intérieur.

Yxelle aime les débuts et les fins électriques, mais ne se sent aucune imagination pour les prolongations et les milieux de jeux.

Son métier de journaliste spécialisée dans les questions de société lui a fourni maintes occasions de recueillir des témoignages de naufragés du mariage, et dans la plupart des cas, ce qui reste après de nombreuses années ce sont des cris, de l'aigreur et la question de l'argent. À la fin, les histoires d'amour deviennent si plates et vides de toute substance qu'elles passeraient sous une porte. Ou bien, elles se terminent par un procès, et elles deviennent purulentes. Autant les dynamiter avant que le désir ne se délite. Autant les conserver dans le souvenir plutôt que de se résigner à les regarder pourrir.

A bien y réfléchir, la rupture, c'est un des moments qu'elle préfère dans une histoire d'amour. Quand c'est bien fait, il faut dire que c'est aussi intense que le coup de foudre inaugural. En l'espèce, au moment même où Luis lui a signifié qu'il ne la choisissait pas, à ce moment crucifiant où elle s'est trouvée annulée, contre toute attente, sa rivale a refusé d'endosser le rôle de la femelle favorite, de se soumettre à la loi du genre, et avec la noblesse d'un chevalier servant, a secouru une femme que la situation mettait en détresse. De rivales, elles sont devenues sœurs. Avec une générosité qu'Yxelle ne se souvient pas avoir déjà rencontrée, Margot s'est laissé entraîner à Rome de bonne grâce, ayant partagé l'intuition qu'un moment aussi merveilleux ne pouvait rester contenu dans le béton de cet aéroport. Elle aurait pu se contenter d'une attitude élégante, loyale au clan des femmes, mais elle a été sublime.

Elle a évité le piège de l'ambiguïté qui n'était pas de mise, les réflexions qui tuent « ma parole c'est un enlèvement, que va-t-il se passer maintenant ? Je vous plais ? Vous êtes bisexuelle ? Je ne suis pas homosexuelle vous savez… et bla et bla et bla ». Margot a échappé à cette marotte assez commune de vouloir définir ce qui se passe, pour se rassurer sur la nature des évènements. Mettre une étiquette sur chaque chose et la ranger ensuite dans le tiroir prévu à cet effet. Sans oublier le prix sur l'étiquette.

Yxelle a aimé chaque minute passée avec cette inconnue pendant les quelques heures de cette folle escapade. Elle ignore si Margot va devenir une amie ou bien s'il s'agit d'une histoire consommée dans le temps bref qui lui a été imparti. Tout le temps qu'elle a passé avec elle, elle l'a aimée d'un amour brûlant en se moquant pas mal de connaître la nature exacte de ce sentiment et dans quelle case le placer. De manière tacite, les deux femmes n'ont pas échangé leurs coordonnées, laissant au hasard le soin de les remettre en présence.

Hasta la vista.

4

Une excitée Sandra, elle lui fait penser à une poignée de crevettes vivantes jetées dans la poêle.

Quel besoin a-t-elle de lui commander un article comme si le sort du monde en dépendait ? D'aussi loin qu'elle se souvienne, avec cette femme, il faut que ce soit urgent, il va falloir en baver, passer des nuits blanches sans doute. Faire vite, vite. Sandra confirme à nouveau son goût de l'urgence, son besoin d'être en ébullition pour agir. A se demander s'il ne s'agit pas d'une indolente contrariée.

— Désolée de te faire ça, mais il faut que tu reprennes au pied levé l'enquête sur le mariage, Véronique vient d'accoucher avec deux semaines d'avance, on est au pied du mur !

La dernière fois, c'était un changement de sujet de dernière minute, et bien entendu Sandra avait pensé à elle pour s'adapter au quart de tour à la situation.

— Elle a déjà constitué un dossier j'imagine, je vais pourvoir utiliser sa base d'informations.

— Bien sûr, bien sûr, on va te donner ça.

— Et ça doit être prêt pour quand ?

Sandra prend une mine fataliste de circonstance.

— Pour le mois prochain. Tu comprends, c'est la saison des mariages, et il faut sortir un article sur la préparation du jour J., l'organisation quasi professionnelle que ça demande, citer des témoignages de futurs mariés, des professionnels etc… évidemment, si tu pouvais trouver un angle nouveau pour que ça n'ait pas l'air d'un marronnier…

— Je vois… n'importe comment, je vais être obligée de privilégier un angle car je ne pourrai pas faire un article exhaustif.

— Tu as carte blanche ma grande. Ça va ta vie ?

— Au poil, je reviens de Rome.

— Tu as pris des vacances ?

— Non, juste un café.

5

Une semaine chez sa mère, une semaine chez son père, la résidence en alternance permet à Bonnie, quinze ans, de prendre des libertés qu'elle ne connaîtrait pas si ses parents vivaient ensemble, comme de changer de coiffure sans se heurter au veto de sa mère ou de se faire coller des ongles en résine.

Rentrer à la maison et découvrir sa fille devenue brune avec des cheveux défrisés et des ongles verts à faire pâlir Dracula, voilà une surprise dont Yxelle se serait passée. Elle se fige sur le pas de la porte tandis que la gamine fait le gros dos, l'air sournois, en attendant le savon auquel elle s'est préparée, son meilleur argument étant que ses cheveux sont défrisés et qu'on n'y peut plus rien pendant deux mois, et que sa couleur ne peut être ôtée qu'en décapant ses cheveux, ce qui risquerait de les endommager bien davantage qu'une teinture… quant aux ongles verts, c'est de la résine, pour les éliminer il faudrait aussi arracher ses vrais ongles…

Yxelle comprend à la seconde que sa fille a réussi à obtenir de son père ce qu'elle-même lui refuse depuis un mois. Le coup du fait accompli. Et elle la connaît trop bien pour savoir qu'elle avait préparé son coup et déjà organisé sa défense.

Elle se souvient aussi d'elle-même à quinze ans ne s'aimant pas telle que la nature l'avait faite, c'est à dire brune avec des cheveux raides, alors qu'elle se rêvait blond vénitien avec des cheveux bouclés d'irlandaise.

Elle sait aussi que hurler et menacer sa fille de tous les maux n'aura d'autre résultat que de la renforcer dans ses choix et de créer un conflit avec son père.

Bonnie, comme tous les enfants de divorcés a appris très tôt à jouer ses parents l'un contre l'autre, à profiter des vides favorisés par l'alternance de l'autorité parentale pour tenter d'obtenir ce que l'un de ses parents lui refuse.

Ses parents n'ayant jamais vécu ensemble, elle passe d'un foyer à l'autre avec un grand naturel et voit arriver chaque anniversaire avec une forte excitation car c'est le jour où ses parents se réunissent pour le fêter ensemble. Encore un mois à attendre pour voir le triangle familial reconstitué, mais dans l'immédiat, Bonnie attend la réaction de sa mère à ce qui constitue une sacrée provocation.

Yxelle feint de ne pas reconnaître sa fille.

— Bonjour mademoiselle, vous avez vu Bonnie ?

— Arrête ton char, maman, c'est pas drôle.

— Es-tu satisfaite de ta transformation ? Est-ce que tu ressembles à ce que tu voudrais être ?

La question semble décontenancer Bonnie, quinze ans, bientôt seize, en recherche permanente de figures auxquelles s'identifier. Elle s'est préparée à affronter sa mère, pas à répondre à des questions existentielles.

— Ouais, ça va.

— Bonnie, je relève une contradiction entre la richesse des couleurs que tu utilises pour tes cheveux et tes ongles, et la pauvreté de ton vocabulaire. Là, à ta façon de parler, on dirait une gothique primaire.

— C'est ça, vas-y, moque-toi, de toutes façons, tu ne peux pas me comprendre.

— Tu feras l'expérience chaque jour de ta vie que personne ne comprend personne, alors autant commencer tout de suite.

— T'es sérieuse, là ?

— Je caricature un peu, tu sais bien que j'ai une tendance à la caricature, mais pour finir, c'est vrai que les gens ne se comprennent pas. Parfois, c'est triste, mais parfois aussi ça fait rêver parce que le mystère c'est beau.

— Je commence à avoir faim. On mange quoi ?

— Le temps que tu mettes le couvert, je nous prépare une omelette garnie à rendre jalouse une pizza.

Un peu plus tard, à table.

— Alors, tu me trouves comment avec ma nouvelle coiffure ?

— Je te trouve belle en brune comme je te trouvais belle en blonde mais je suis frustrée à titre personnel. Moi qui suis brune et qui rêvais d'être blonde à ton âge, j'ai sauté de joie lorsque tu es née car j'avais réussi à faire un bébé blond. Le rêve ! Et voilà que la fille en question rêve d'être brune ! Conclusion, on n'est jamais content de ce qu'on a.

— Comme dans l'histoire de la chèvre de Monsieur Seguin que tu me racontais quand j'étais petite.

— Tu as raison, tout ça c'est la faute de la chèvre de Monsieur Seguin qui trouve l'herbe plus verte dans le pré du voisin.

6

Léon, comme le cri du paon, avait-il dit pour se présenter seize ans plus tôt.

Ils s'étaient rencontrés au moment où ils commençaient l'un et l'autre à entendre le tic-tac de la grande horloge de leur vie. Elle avait trente-cinq ans, lui quarante, aucun n'avait d'enfant. Des histoires de passage, des amours parfois, qui avaient duré ce que dure le désir. La vie passe si vite… ainsi font font font… trois petits tours et puis s'en vont, chantent les marionnettes. La peur du temps qui passe, ça rapproche, ça peut même souder, un peu comme un ennemi commun.

Pris par la même panique au même moment, et assez lucides pour se rendre compte que c'était là ce qui les poussait l'un vers l'autre. Incapables de s'aveugler, et ne le souhaitant surtout pas, ils avaient conclu un pacte solennel. Léon donnerait son sperme à Yxelle, et si un enfant naissait, ils le reconnaitraient l'un et l'autre.

Pas de vie commune, solution éliminée d'entrée de jeu, ils élèveraient l'enfant comme des parents divorcés, avec une garde alternée dès la naissance.

— A moins que tu ne veuilles l'allaiter avait dit Léon, auquel cas, le bébé résidera à plein temps chez toi jusqu'à ce qu'il soit sevré.

— Surtout pas, avait répondu Yxelle, dès le départ nous partagerons tout, les biberons, comme les nuits blanches. Et puis entre nous, ça n'est pas un sacrifice pour moi de ne pas allaiter, les madones à l'enfant, c'est au musée que je les préfère.

— Les corvées partagées dans la vie commune, comme le biberon de deux heures du matin, seront divisées par deux dans la nôtre.

— Et la semaine libre sans enfant nous permettra de redevenir des êtres sexués. Tu as déjà envisagé tes parents comme des êtres sexués, toi ?

Lorsque s'était posée la délicate question technique des moyens de parvenir à la fécondation, chacun de son côté était parvenu à la même conclusion, les rapports sexuels étaient à proscrire dans leur cas, le proposer n'avait été une option ni pour l'un ni pour l'autre.

— Étrange comme situation, nous sommes des hétéros, et nous allons adopter le modèle homosexuel pour avoir un enfant, c'est un must de civilisation, tu ne trouves pas ?

— Ça me paraît être la manière la plus cohérente de procéder. Notre projet, c'est d'avoir un enfant, pas de tomber amoureux. Si on veut se donner les meilleures chances que notre projet parental puisse marcher, il vaut mieux ne pas mélanger les genres, sinon…

— Sinon quoi, je me rends compte que tu n'as jamais évoqué ce que tu sembles redouter comme une fatalité.

— Je ne crois pas au mélange des genres. Pour moi, l'amour et la parentalité ne font pas bon ménage.

— Tes parents, c'est ça ?

— Touché ! Pour faire court, enfance gâchée par les dix ans de procédure de divorce de mes parents. Scolarité catastrophique, fugues et TS.

— TS ?

— Tentative de suicide. J'ai avalé une boîte de somnifères, mais j'en ai pris trop, du coup ça n'a pas marché.

Léon resta silencieux et la prit dans ses bras pour la réconforter.

— Ça ne t'effraye pas que ton enfant ait une mère qui a fait une TS ?

— Tu parles de ton drame comme s'il s'agissait d'un casier judiciaire ou d'une maladie génétique. Je me dis que tu en as bavé et que tu dois savoir mieux que personne ce qu'il faut faire avec un enfant pour qu'il soit heureux.

— Disons que je sais ce qu'il ne faut pas faire, le bonheur, je ne l'ai pas trop expérimenté lorsque j'étais enfant.

— Si je comprends bien, pour toi, mariage a rimé avec séparation et conflit et tu ne veux pas prendre le risque de répéter ça.

— Oui, pour élever un enfant, on a besoin d'être associés, unis, j'ai envie de dire, fraternels. Les parents doivent former un couple de parents, mais ce couple-là ne résiste pas à la rupture amoureuse. Il est très difficile d'arriver à faire le tri entre les sentiments que l'on garde et ceux qu'on jette, parce que tout ça est tissé d'une manière inextricable.

— Pour toi, la rupture est une fatalité, tu n'envisages pas le couple dans la durée ?

— Je n'ai pas encore rencontré un seul couple qui ait résisté à la durée et à la vie commune, tu vois, je n'incrimine même pas le mariage.

— Pour résumer ta pensée, quelle que soit la manière dont on s'y prenne, l'amour rétrécit au lavage.

— Exactement.

— Et tu ne crains pas qu'on donne à notre enfant, fille ou garçon, l'image d'un couple sans amour…

— Qui te parle d'une relation dénuée d'amour ? Il y aura entre nous de la place pour un lien affectif, un sentiment familial solide nourri par ce qui nous lie, un lien qui ne sera empoisonné ni par l'enjeu sexuel ni par nos représentations du bonheur.

— Et si notre enfant veut savoir comment on s'est rencontré, si on s'est aimé…

— Eh bien, en ce qui concerne notre rencontre, le récit ne pourra pas le décevoir. Après tout, ça aurait pu être le début d'une belle histoire d'amour…

7

Après un passage éclair à Sciences Po et avec pour tout bagage une licence de lettres modernes en poche, Yxelle avait dû cravacher pour se faire une place dans un journal. Ses trente-cinq ans avaient sonné six mois auparavant et elle venait d'écrire un article sur les femmes ayant sacrifié leur maternité sur l'autel de leur vie professionnelle. Elle avait passé plusieurs semaines à recueillir des témoignages de femmes et en était arrivée à un constat déprimant. Au cours de son enquête, elle avait découvert que pour une minorité de femmes ayant fait le choix conscient de privilégier leur carrière plutôt qu'avoir un enfant, bon nombre d'entre elles s'étaient fait surprendre par le temps. L'une d'elle lui avait dit :

Ma vie me fait penser à une promenade au Mont Saint-Michel, tu es sur la plage, la mer s'est retirée très loin, à peine si tu l'aperçois comme une ligne sur l'horizon, et tout à coup, elle est là, elle t'encercle et c'est trop tard.

Une autre lui avait déclaré :

Le temps n'avance pas en même temps que les gâteaux d'anniversaire, il fonctionne par capillarité. Tu ne le vois pas agir, si peu que tu portes la même robe que pour l'anniversaire précédent, tu ne vois aucun changement, tu ne te rends compte de rien. Tu te dis que tu as le temps, et surtout, ce n'est jamais le bon moment parce que ça risquerait de te faire rater la promotion que tu guettes depuis si longtemps et que tu espères obtenir en restant disponible et corvéable à merci. Et puis un jour, c'est toujours le même gâteau, mais la robe ne te va plus. C'est normal dit ton gynécologue, vous êtes en pré-ménopause.

La rédaction de cet article avait provoqué chez Yxelle une prise de conscience brutale : à enchaîner les jours les mois et les années à faire des enquêtes et rédiger des articles sur ses contemporains, à lutter pied à pied pour garder sa place dans le journalisme - place fort modeste au demeurant- elle était en train de laisser la vie décider pour elle-même, bientôt elle se réveillerait un beau matin, et réaliserait que la fenêtre s'était refermée et qu'il était trop tard.

Le projecteur était braqué sur elle à présent. Elle qui avait banni l'adverbe jamais de son vocabulaire, elle qui ne voulait pas entendre que quelque chose fût définitif hormis la mort, allait être confrontée dans un avenir proche à une impossibilité définitive de donner la vie, faute d'avoir pris une décision à temps sur le sujet. Quelle claque lorsqu'elle a réalisé qu'elle était dans la cible de son propre article !

Elle en était là ce jour de mars tandis qu'elle relisait son article imprimé, à la terrasse d'un café de la rue Oberkampf. Lorsque le premier coup de tonnerre a retenti, les clients qui se trouvaient en terrasse ont déguerpi pour s'installer à l'intérieur. La pluie s'est mise à tomber en rideau, la lumière a baissé de plusieurs crans et tout est devenu gris.

Les voitures ont ralenti et les piétons se sont mis à courir sous le jet des hallebardes liquides qui s'abattaient sur eux. A l'abri sous le store de la terrasse, Yxelle n'aurait raté ce spectacle pour rien au monde. Ils n'étaient plus que deux à être assis dehors. Un homme installé à deux tables plus loin sur sa droite était resté lui aussi. Dans la lumière stroboscopique des éclairs, il ressemblait à un personnage en noir et blanc échappé d'un film muet.

Cet homme était un habitué de l'établissement, elle l'avait déjà aperçu et se souvenait l'avoir remarqué de dos la première fois.

Elle n'y peut rien, c'est le dos des hommes qu'elle remarque en premier. Dans la famille des dieux, elle demande Atlas, dans la famille des peintres, Michel Ange. Côté face, l'homme présentait une bonne tête, une bonne bouille, une tronche de mec sympa, un visage large avec un regard clair, son expression confirmait ce que son dos annonçait, oui c'était un gars solide qui pouvait porter sa charge et plus encore.

Le gars se marrait franchement lorsqu'il lui a dit :

— Ma parole, on est en train d'assister à la fin du monde !

Le gars que le spectacle de la fin du monde mettait en joie c'était Léon.

8

Yxelle se rend compte qu'elle est la personne la moins qualifiée pour écrire un article sur le mariage. Les pensées se bousculent dans sa tête.

Aucune expérience personnelle, jamais approché une robe de mariée à moins de dix mètres, sauf peut-être par écran de télévision interposé. Et aucune envie d'en porter une non plus.

Enfant, je n'ai jamais porté de nattes de chaque côté de la tête avec une raie bien droite pour séparer bien net les deux hémisphères cérébraux, Dès le début, j'ai raté le programme de formatage du genre féminin. Si j'avais porté des tresses, au lieu de mes cheveux courts, j'aurais sans doute été différente. C'est là que commence la conscience de la féminité, avec les nattes. Ma coiffure à la Zazie, mes cheveux qu'on n'autorisait pas à pousser m'ont bloquée mentalement dans une enfance dont la sortie semblait reportée sine die par les ciseaux de la coiffeuse.

Un terrain vierge de toute connaissance. Elle serait moins démunie s'il s'agissait d'écrire un article sur la déforestation en Amazonie. C'est ça ! Elle abordera son article de cette manière, sans les a priori habituels sur la question.

Elle sera une martienne qui cherche à découvrir les mœurs des terriens à l'occasion de ce rituel ancestral.

Que lui apprend à cet égard l'album familial ? Aucun album, mais une grande boîte en carton dans laquelle sont mélangées pêle-mêle et toutes générations confondues les photos, certaines déchirées. Son père et sa mère - le mot parents n'étant pas approprié à leur état d'esprit - s'étaient mariés sur un coup de foudre et sans aucun préparatif.

Une seule photo de l'événement - rescapée de leur divorce - montre le nouveau couple buvant du champagne au goulot, debout dans le hall de la mairie, en jean, entouré de deux témoins anonymes dont un employé de la voirie en tenue de travail. Un vrai pied de nez à l'institution.

Pas de falbalas non plus pour le mariage des grands-parents. Ceux-là avaient l'excuse de la guerre. Ils s'étaient mariés dans leurs habits du dimanche, pour lui, costume sombre et pull noir - il ne possédait pas de chemise- et pour elle, veste à basques à motifs, jupe cloche et chemisier clair.

Ce sont leurs visages qui traduisent le caractère à la fois solennel et heureux de l'événement.

A cette époque, pas de selfie, pas de sourire hollywoodien, pas besoin de montrer les crocs en signe de bonheur.

Ces deux-là sont touchants de naturel et d'humilité.

S'ils étaient des fleurs, ce serait un bouquet de violettes, si petites et si modestes, mais au parfum inoubliable à condition de s'approcher assez près.

Yxelle doit se rendre à l'évidence que ses archives personnelles ne comportent aucune photo susceptible de renseigner la martienne sur l'apparence d'une mariée.

On va vous mettre au parfum chère martienne, c'est très simple, lorsqu'on parle de la mariée, il faut comprendre qu'en réalité on parle de la robe.

— Ah, dit la martienne, je vois, il s'agit d'un uniforme, comme pour les infirmières ou les CRS.

— Ce n'est pas un uniforme car il n'y a pas deux robes identiques.

— Comment fait-on alors pour reconnaître une robe de mariée ?

— C'est comme un panneau de sens interdit, tout le monde sait reconnaître ça.

Si les aïeules de la famille n'ont pas porté de robe de mariée le jour de leurs noces, qu'elle-même a éludé la question en ne se mariant pas, que peut penser sa fille de tout ça ?

— Bonnie, ça me rendrait service pour un article que je suis en train d'écrire, de savoir ce que pense une adolescente d'aujourd'hui des robes de mariée.

— J'adore ! Je sais déjà comment sera la mienne.

— Pardon ? Tu rêves de ta robe de mariée ?

— Bien sûr, c'est génial une robe de mariée.

Quand tu portes ça tu ne regrettes pas d'être une fille, franchement, c'est mille fois mieux que la tenue de pingouin du marié.

— C'est incroyable ce que tu me dis, tu penses déjà à ton mariage ?

— Je pense à moi le jour de mon mariage, un super mariage de rêve.

— Tu veux te marier ou tu veux une belle robe ?

Air de défi de Bonnie.

— Parce que tu crois que ça porte malheur la robe de mariée ? Grand-mère n'en a pas eu et elle a divorcé, et toi, tu n'en as pas porté non plus car tu n'as pas de mari.

KO technique. Yxelle retourne à son omelette en silence.

Bonnie, qui a le triomphe modeste, lâche une information à sa mère :

— Tu devrais jeter un œil sur une téléréalité intitulée “La robe de ma vie”.

9

Ayant à cœur d'initier sa mère à sa série préférée, Bonnie a sélectionné pour elle quelques épisodes culte qu'elles ont regardés ensemble - fierté palpable de la petite instruisant la grande.

— Regarde, la mariée va se mettre à pleurer, c'est un truc des vendeuses pour faire craquer la cliente, elles font passer sa musique préférée sur leur Play List. Trop fortes les filles, elles arrivent à te faire pleurer sur commande !

Cette ruse semble enchanter sa fille et le dévoilement des ficelles de vente ne gâche en rien son plaisir.

Yxelle se sent distanciée, gênée par les lunettes rectangulaires très voyantes que porte la mariée, on ne voit que ça, des lunettes qui ajoutent deux écrans dans l'écran. Malgré cela, c'est plus fort qu'elle, à la vue de la mariée se jetant dans les bras de sa mère, la mère serrant sa fille sur son cœur, les deux pleurant comme des veaux, elle ne peut s'empêcher de pleurer elle-aussi. *C'est pavlovien, on a beau trouver ça idiot, on pleure quand même*, constate Yxelle en attrapant à son tour la boîte de kleenex.

— Bon, maintenant que tu as compris le principe, il faut que je te laisse, j'ai contrôle d'histoire demain matin.

Bonnie partie, elle continue à visionner seule le reste de la saison pendant une bonne partie de la nuit. Deux boutiques ont trouvé le filon. A chaque épisode une équipe de trois vendeurs (ses) cornaquera la future mariée pour l'aider à dénicher la robe de ses rêves.

Unité de temps, de lieu et d'action : cinquante minutes pour trouver sa robe de mariée dans une boutique spécialisée.

Catharsis pour le spectateur qui doit se sentir concerné et touché par ce qu'il voit.

Scénario : Une jeune femme se présente accompagnée de ses proches, famille et amis, parfois de membres de la famille du fiancé – lequel en principe n'assiste pas à l'essayage de la robe, sauf les lourds, les inquisiteurs et les jaloux qui puent déjà le futur divorcé.

La chronologie est immuable : proches et amis sont installés dans un salon d'essayage au milieu duquel trône une petite estrade.

Objectif et stratégie des cornacs : pour faire la vente, trouver LA robe.

Suspense : Le prix de la merveille rentrera-t-il dans le budget de la cliente ?

Dénouement : dans la plupart des cas, la future mariée trouve son bonheur avec l'aide financière de ses proches, complétée si nécessaire d'un rabais consenti par la boutique.

Il peut arriver que la directrice du magasin, dans un élan de compassion surjouée, offre la robe de la mariée. Kleenex.

Ce qui fait de chaque épisode une histoire à part entière, ce sont les drames familiaux qui se révèlent à l'occasion de cet achat symbolique. Les vendeurs, tels les valets et soubrettes des pièces de Molière, font avancer l'action par leurs questions indiscrètes et aussi par leurs choix subtils de robes, consensuels ou clivants, à dessein.

Première étape : cerner les goûts de la mariée. LA robe est à choisir parmi sept coupes différentes adaptées aux différents types de morphologie : Princesse, Sirène, Empire, Fourreau, Évasée, Droite, Courte.

Seconde étape : vérifier si les proches qui l'accompagnent partagent la même vision.

Il est fréquent que les goûts diffèrent, voire que le conflit ne soit pas loin, l'entourage ne ménageant pas ses efforts pour donner des conseils et rappeler à l'occasion aux autres participants son rang de préséance.

Très important pour les vendeurs de déterminer qui est le chef de meute.

Lorsque la mère de la mariée n'occupe pas le haut de la pyramide, on peut à coup sûr parier sur un problème relationnel mère/fille.

Lorsque deux clans rivaux sont en présence, le conflit se rallume aussitôt à propos de la robe. On peut alors sentir que n'importe quel sujet ou objet ferait vite repartir l'incendie. Comme cette belle-mère infernale n'ayant que le mot divorce à la bouche.

La vendeuse disparaît en cabine avec la future mariée. L'exigüité du lieu favorise les confidences. C'est le moment propice pour en savoir plus sur un problème familial ou une tension repérée dès les premières minutes. L'enjeu : découvrir le problème ou rater la vente.

Une fois parée de la robe choisie pour elle par les conseillères, la jeune femme est conduite les yeux fermés devant un miroir et se découvre tout à coup. Waouh ! L'intensité du waouh étant un bon indicateur de satisfaction pour l'équipe de vente. Couinement de circonstance ou souffle profond s'échappant d'une bouche béante, c'est selon.

L'assemblée découvre à son tour la mariée debout sur le podium, le blanc agissant comme une loupe sur les rondeurs mal placées. Réactions très diverses des proches, plus éclairantes sur leur relation avec la mariée ou leur position dans la famille que sur la robe elle-même.

Les mères peu aimantes font la moue, émettent des remarques ne laissant aucun doute sur le fait qu'elles trouvent leur fille moche.

Depuis le podium La mariée ne perd rien de l'expression de leurs visages. Quand on fait un bide, on le sait tout de suite. Supplice de la fille qui trouve dans les yeux de sa mère la confirmation de sa laideur, son corps qui s'affaisse sous les flèches maternelles.

Débriefing en aparté de l'équipe commerciale.

Retour dans l'arène avec la deuxième robe qui est souvent la bonne. Le scénario est construit de cette manière. Cela étonne Yxelle que le choix soit au fond si rapide. Ont-elles aussi choisi leur mari en cinquante minutes ? Après une première tentative infructueuse, le deuxième prétendant a-t-il été le bon ?

C'est quoi au juste la bonne robe ? Yxelle pensait qu'il suffisait qu'elle soit adaptée aux goûts et à la morphologie de la mariée, mais c'est bien plus que ça.

C'est bien sûr une affaire de famille. Mais c'est surtout et aussi une affaire d'émotion, il faut, vous entendez, il est impératif que lorsqu'elle revêt la robe, l'impétrante soit saisie d'une émotion incontrôlable. Le « waouh » est une condition nécessaire mais pas suffisante.

LES LARMES DOIVENT COULER.

La mariée parle en général de LA robe comme s'il n'y en avait qu'une sur terre qui lui soit destinée, une version « robe » de la pantoufle de vair de Cendrillon.

Lorsque les vendeurs sentent que c'est sans doute là le bon modèle, le moment de l'estocade est venu. Il ne leurs reste plus qu'à apporter un voile pour que l'illusion soit parfaite.

Et dans la série ça ne rate jamais, les mariées se succèdent et pleurent. Elles disent toutes les mêmes mots. *C'est elle, elle est pour moi*, comme elles auraient dit la même chose à propos de leur fiancé.

C'est lui, je le reconnais, j'ai retrouvé ma moitié dont Zeus m'avait séparée, je suis entière enfin, et bla et bla et bla.

Le bébé, vers deux ans, rit lorsqu'il se reconnaît dans le miroir, la mariée, elle, pleure devant le miroir, lorsqu'elle reconnaît cette autre qu'elle a rêvée et qui prend la place de son reflet habituel. Grâce à sa parure, une princesse lui sourit de l'autre côté du miroir. Pour une fois, son rêve coïncide avec la réalité, son rêve s'invite dans le réel et l'image qu'elle contemple avec tant d'émotion va sortir du miroir et lui prendre la main. Ce n'est pas juste un vêtement de cérémonie qu'elles achètent, c'est l'âme sœur, leur moi idéal. Et les larmes coulent sur les joues de la future mariée, les regards de l'assistance sont humides et tout le monde s'enlace pour former une grosse pelote humaine.

Yxelle se surprend à y aller de sa larme, elle aussi. Puisqu'on vous dit que c'est pavlovien !

Mais attention, la règle est la même que pour Cendrillon, la transformation sera éphémère, il ne sera de princesse que pour quelques heures, tulle, dentelle chantilly, incrustations de strass, jupons, voile, traîne, calèche, pluie de pétales de roses (penser à éviter le riz dont les grains se logent dans les conduits d'oreilles), hourras, château, tapis rouge, marche nuptiale en remontant l'allée centrale de l'église.

Yxelle a vérifié son intuition : la robe de mariée est le personnage principal de la série comme elle est la vedette du mariage. La rencontre coup de foudre entre une impétrante au mariage et la robe idéale. Le futur marié : un simple accessoire.

Passé le jour du mariage vient le temps du mariage, le vrai, la vie de tous les jours que la parure nuptiale avait escamotée sur le panneau publicitaire.

Yxelle se demande quel effet ça fait d'être à l'intérieur d'une robe de mariée.

Prochaine étape : se rendre elle-même dans une boutique de mariage et essayer une robe pour vivre la sensation.

10

— Tu fais quoi ce week-end ?

Question anodine de Bonnie qui va passer la semaine suivante chez son père.

Question en forme de flèche qui vient se planter au cœur de la cible. Mais pourquoi nos enfants, même devenus grands - quinze ans tout de même, Bonnie n'a plus l'innocence des tout-petits - pourquoi nos enfants ont-ils le chic pour poser les questions qui tuent.

Yxelle est rattrapée d'un seul coup par la réalité : il n'y a plus d'homme dans sa vie ni dans son lit, et son cœur n'a pas encore intégré cette impitoyable réalité. Lorsque le cerveau informe le cœur, celui-ci se connecte dans l'instant à la mémoire, directement sur les émotions et tout ce qui combiné ensemble peut faire souffrir au maximum. Le disque dur qui héberge son drame intime, habituellement en veille, émet soudain un signal et redémarre. Le flash de la scène de l'aéroport lui revient dans toute sa brutalité : deux femmes à attendre le même homme et elle, Yxelle, qui était de trop. Le souvenir de leur dernière étreinte jaillit à son tour, avec ce sentiment de dilatation béate qui vient télescoper la révélation qu'elle ne comptait pas pour lui.

La honte et la douleur jusque-là anesthésiées grâce à l'épisode romain reviennent avec la force d'un coup de grisou. Elle est en trop ! Le disque dur s'affole.

Stupéfaite, Yxelle réalise que depuis son retour elle s'est employée à se distraire en agissant comme si de rien n'était ; qu'elle a surfé sur le plaisir de sa rencontre avec Margot, et bloqué le souvenir cuisant de la manière dont Luis l'a évincée. Incroyable, elle a réussi depuis plus de quarante-huit heures à isoler dans un caisson étanche un souvenir aussi pénible. Je vais travailler, j'ai trois semaines pour rendre mon papier, je n'ai pas intérêt à chômer.

Elle a réussi à trouver le souffle suffisant pour prononcer ce propos banal qui n'inquiètera pas sa fille, alors qu'elle a envie de hurler. Ne pas chercher à grimacer un ersatz de sourire, sortir de la pièce sans précipitation, rester naturelle, se concentrer pour ne pas pleurer, ne pas laisser jaillir des larmes qu'elle sent monter, des larmes spectaculaires qui laisseront ses yeux rouges et gonflés, exorbités comme ceux d'un crapaud, ne pas inquiéter Bonnie, surtout, ne pas inquiéter Bonnie…

Se dire que dans quelques heures elle pourra pleurer tout son soûl, sachant que dans quelques heures ce sera trop tard. Refoulées vers leur source, ses larmes seront parties pleurer à l'intérieur, ses yeux resteront secs, son cœur lourd et sa gorge nouée. Comme d'habitude.

11

Bonnie partie, les larmes ne sont pas venues. Yxelle a fait comme nous faisons tous, elle a eu recours à ce qui calme le mieux ses angoisses. Chacun son truc, pour certains, c'est l'alcool, d'autres le chocolat ou bien la dépense compulsive. Pour Yxelle rien de tel que mettre un pied devant l'autre et synchroniser la cadence de sa marche avec celle de sa respiration. Ça la remonte comme une pendule.

Elle a mis des chaussures confortables avec une semelle en gomme, elle est sortie, et puis elle a marché dans les rues de Paris. La voilà Place de la République, elle emprunte les grands boulevards et laisse ses pas la conduire jusqu'aux grands magasins. Son niveau d'énergie a bien remonté, elle se sent capable à présent de mettre dans sa journée de quoi la rendre consistante.

Les grands magasins possèdent tous une boutique mariage, se dit-elle en entrant dans le temple de la consommation, se souvenant de ses nombreuses contributions à une liste de mariage déposée par des fiancés avisés. Elle rit intérieurement en pensant à sa propre vaisselle achetée de manière erratique et ne comportant en fin de compte pas plus de deux verres ou assiettes identiques.

Une esthétique qu'elle a travaillée avec goût dans un esprit rebelle pour opposer son absence de conformisme au monde du bonheur annoncé et de ses listes de mariage.

Elle se sent impressionnée lorsqu'elle arrive dans la boutique mariage située au dernier étage du magasin, un espace majestueux avec une vue à couper le souffle.

Yxelle a prévu de se présenter comme journaliste et demander à essayer une robe dans le cadre de son enquête. Lorsque qu'une vendeuse avenante vient l'accueillir en lui demandant d'emblée si la date de son mariage est déjà fixée, le scénario qu'elle a préparé s'enraye et elle répond sans réfléchir que le mariage aura lieu dans deux mois. Pouvoir passer pour une mariée plausible à cinquante ans, elle n'avait pas envisagé cette hypothèse. Dans son scénario, la vendeuse lui demande si le mariage de sa fille est déjà planifié. Mais non, la mariée c'est elle. Et soudain, l'enquête se transforme en auto-fiction. Ce n'est pas juste la robe qu'elle va endosser, mais aussi le personnage de la mariée. La mariée dans la robe de mariée. De quoi donner un sérieux effet de réel à son article.

— Nous disposons d'un stock de deux mille robes, déclare la vendeuse avec simplicité. Vous en voyez ici une partie, la collection la plus récente.

En effet, tout autour de l'immense salon d'essayage, sont pendues à des portants de longues robes aux jupons volumineux, aux envolées de mousseline, aux incrustations de dentelle et de guipure, éclatantes de blancheur ou crémeuses, lumineuses ou satinées. Ces silhouettes inanimées lui font penser aux dépouilles des épouses de Barbe Bleue exposées dans leurs plus beaux atours dans son cabinet secret.

— Quel genre de robe recherchez-vous? Je vous propose de faire un tour et de m'indiquer les modèles qui vous plaisent.

Accompagnée de sa conseillère qui scrute chacune de ses réactions, Yxelle ralentit devant certaines robes, et soudain s'arrête devant un modèle en corolle, avec une traîne, des manches faites d'une dentelle immatérielle, un bustier en guipure au décolleté en V laissant les épaules dégagées et un décolleté plongeant dans le dos fait de tulle incrusté de dentelle.

— J'aimerais passer celle-là.

— Excellent choix dit la vendeuse en l'escortant vers une cabine d'essayage.

C'est la première fois qu'elle a besoin d'aide pour passer une robe, laquelle ne ressemble à rien de ce qu'elle a porté auparavant. Yxelle se concentre sur ses sensations, cet essayage ayant pour but de comprendre ce qu'il se passe lorsqu'une femme pénètre dans une robe de mariée. Voyage en terre inconnue.

Les différentes épaisseurs des jupons tout d'abord, qui matérialisent autour de vous un espace infranchissable.

C'est épais mais léger comme une crème chantilly, volumineux et léger à la fois.

Yxelle est séduite par la finesse de la robe, une sorte de voile arachnéen qui dessine des tatouages nacrés sur ses bras et sur son dos. Le décolleté est très réussi, largement ouvert, il met en valeur ses épaules. Le buste en dentelle pincé à la taille donne une impression de naturel en s'évasant aussitôt vers la corolle de la jupe. La vendeuse finit de boutonner les minuscules boutons qui ferment sa robe dans le dos en une ligne de points blancs se détachant sur un dos nu en tulle couleur chair rebrodé de dentelle.

— Vous voulez vous voir, vous êtes prête ?

La vendeuse la conduit au centre du salon d'essayage, sous la coupole, face à un miroir sur pied lui renvoyant l'image d'une femme sublime qui la regarde avec effarement.

Yxelle ne peut retenir une vague d'émotion en découvrant son moi-princesse, son moi-secret digne des plus grands honneurs, enfin révélés au monde. Une légère oscillation suffit pour que la robe et sa traîne s'ébrouent doucement autour d'elle.

Alors qu'elle tourne sur elle-même avec une lenteur obligée, ce qu'elle découvre est stupéfiant. La robe sublime les lignes de son corps et la nacre de sa peau. Une métamorphose.

— Elle est faite pour vous.

C'est ce que pense aussi Yxelle.

Elle acquiesce d'un hochement de tête sans perdre une miette de son image.

— Je peux essayer un voile ?

— Je vous en apporte un, je pense à un voile en tulle pour ne pas surcharger la robe déjà riche en dentelle.

Le flou apporté par le voile fait oublier qu'elle n'a pas vingt-cinq ans mais cinquante. L'illusion est parfaite. Elle a face à elle, la mariée qu'elle aurait pu être et la très belle femme qu'elle est toujours.

— J'ai l'impression que vous n'aurez pas besoin d'en essayer une autre, vous avez trouvé du premier coup.

— Oui, j'ai eu le coup de foudre. Vous ne trouvez pas ça bizarre de parler d'une robe comme d'une personne ? Me voilà amoureuse de mon reflet.

La vendeuse approuve en silence, ne souhaitant sans doute pas gâcher sa vente au moment décisif avec une improvisation hasardeuse.

Même le fait de marcher avec cette robe est une expérience en soi, comme si elle était escortée d'un maître de ballet qui lui donnerait la cadence.

— Souhaitez-vous connaître le prix de cette robe ?

A ce stade, Yxelle sait qu'elle tient son article, elle va pouvoir décrire de manière authentique l'expérience du choix de la robe nuptiale, l'ayant elle-même vécue de l'intérieur. Elle est curieuse de connaître le prix de ce vêtement exceptionnel.

— J'imagine qu'elle coûte bonbon…

— Elle est vendue deux mille cinq cents euros, mais comme elle vous va sans aucune retouche, je vous propose d'emporter le modèle d'exposition pour mille cinq cents euros.

— Et le voile ?

— Vous avez choisi un modèle très sobre, la maison sera heureuse de vous l'offrir.

Le moment est venu d'expliquer à la vendeuse qu'elle est en fait venue faire cet essayage pour les besoins d'une enquête. Le moment est venu de sortir de la robe, de repasser de l'autre côté du miroir et de se mettre à la rédaction de son article.

— Je la prends s'entend-elle dire comme si quelqu'un d'autre avait pris les commandes.

Sourire de la vendeuse qui a concrétisé sa vente, stupéfaction d'Yxelle qui ne sait pas ce qu'il lui a pris.

12

Faire entrer en douce une robe de mariée dans un petit appartement n'est pas une mince affaire. Plus, difficile en tous cas que de planquer une barrette de shit ou un paquet d'herbe.

Arrivée devant son immeuble avec un carton volumineux, un samedi après-midi et à une heure où Bonnie est sans doute à la maison… Yxelle réalise qu'elle va devoir fournir une explication. Le problème, c'est qu'il lui est difficile de donner une raison à quelque chose qu'elle ne s'explique pas elle-même. Plantée dans le hall de l'immeuble à côté de son paquet géant, son cerveau lui fait l'effet de son ordinateur lorsqu'il beugue.

La gardienne de l'immeuble traverse le hall à ce moment-là - il y a des gens qui ont cette faculté de jaillir de leur terrier au moment le moins approprié pour vous - et s'arrête devant le paquet, tel un chien renifleur, comme s'il s'agissait d'un colis suspect. Rien de ce qui entre ou sort de l'immeuble n'échappe à sa vigilance - c'est sa marque de fabrique- Yxelle penche plutôt pour de la curiosité maladive.

Elle relève la tête avec un sourire triomphant :

— Alors comme ça, vous allez vous marier ?

— Mais pas du tout, c'est pour mon travail…

Sourire entendu de la gardienne.

— Je comprends, normal, vous voulez garder le secret…dit-elle en prenant un air complice, vous avez raison, ca porte malheur de montrer la robe avant la noce.

Expression désespérée d'Yxelle :

— Je vous assure, pas du tout, ce n'est pas ce que vous croyez…

La gardienne hoche la tête l'air peu convaincu.

— Justement, je suis comme Saint Thomas, je crois ce que je vois.

— Il ne faut pas se fier aux apparences, madame Fernandes.

— En tout cas, il ne faudra pas oublier de signaler votre changement de nom au syndic.

— Bon week-end madame Fernandes, bon week-end.

13

Plusieurs fois par an, Yxelle et Léon se retrouvent en tête-à-tête pour régler les questions relatives à l'éducation de leur fille. Aujourd'hui, il s'agit de préparer l'anniversaire de Bonnie.

C'est devenu un rituel, leurs rendez-vous ont lieu à la terrasse du bistro où ils se sont rencontrés seize ans plus tôt.

Du plus loin qu'elle se souvienne, Léon est toujours là le premier, déjà installé, son café, son verre d'eau et sa cigarette, qui lève les yeux de son journal dès qu'elle fait son apparition.

— Ça vient de me sauter aux yeux, chaque fois, tu es déjà là lorsque j'arrive, une pareille répétition, ça ne peut pas être un hasard.

Léon lui sourit et prend le temps de l'embrasser avant de lui répondre.

— Cela montre qu'il t'aura fallu seize ans pour te poser une bonne question à mon sujet.

— Ce n'est pas une réponse, ça.

— C'est ma réponse. Si tu veux en savoir davantage, interroge-toi, enquête. C'est ton métier n'est-ce pas, les enquêtes ?

— Que de mystère ! Alors comme ça, Monsieur fait son mystérieux…

— Tu sais bien que ce n'est pas en posant des questions qu'on obtient des réponses.

Cette résistance inhabituelle chez cet homme ouvert, à qui elle peut tout dire et qui n'a guère de secret pour elle, l'étonne et lui plaît à la fois. Elle n'insiste pas et se dit qu'elle y reviendra plus tard.

— Bon, on fait quoi cette année pour l'anniversaire de Bonnie ?

— Elle va avoir seize ans, c'est un âge important, elle devient une jeune fille non ?

— Ça, pour avoir l'apparence d'une jeune fille, elle l'a, c'est indéniable. Mais à l'intérieur, c'est encore une enfant, du chamallow.

— C'est bien que toi, son père, tu te rendes compte de ça, que tu ne sois pas dupe de son apparence qui est trompeuse, vraiment trompeuse.

— Pour la soirée d'anniversaire, je propose qu'on l'emmène dans une pizzeria, comme d'habitude. Ses goûts n'ont pas changé malgré sa métamorphose corporelle.

— Les mêmes que d'habitude ? Sa marraine, et nous deux ?

— Tu oublies Gina.

— Ah oui, Gina, excuse-moi.

— Excuse-moi du peu, c'est la femme avec laquelle je vis, tout de même.

— Ce n'est pas le fait de vivre avec toi qui lui donne le droit d'emmener Bonnie se faire teindre les cheveux.

Yxelle y va au bluff, mais son intuition lui dit qu'elle a vu juste. Elle se souvient du dernier anniversaire de Bonnie. Gina avait pris son parti lorsque la gamine s'était plainte de ses cheveux bouclés et du manque de contraste entre sa peau claire et ses cheveux blonds. Cela avait agacé Yxelle, non mais de quoi elle se même celle-là, madame la spécialiste des salons de beauté.

— Oui, c'est elle qui a offert le coiffeur à Bonnie pour son anniversaire justement, pas de quoi en faire un drame.

— Et l'année prochaine, si Bonnie veut se tatouer un dauphin entre les deux omoplates, elle va lui offrir aussi un tatouage pour son anniversaire ? Je te préviens, le tatouage, je ne supporterai pas.

— Là tu dramatises, il n'y a rien d'irréversible dans une teinture de cheveux et un défrisage. Il n'est pas question pour Gina d'interférer dans des domaines qui relèvent de l'autorité parentale.

— Ça me rassurerait qu'on fasse une bonne mise au point avec Gina, qu'elle se donne le beau rôle, ça ne me plaît pas. C'est trop facile tu comprends, avec une ado qu'on n'élève pas et dont on n'est pas la mère.

— Bien reçu. On peut parler du cadeau qu'on va lui faire, nous, ses parents ?

— Fringues, casque ou smartphone sont pour moi à exclure.

— J'ai une idée à te soumettre.

— Tant mieux parce que moi je suis à sec.

— J'aimerais lui offrir un séjour d'un mois à Guédelon.

— Guédelon ????

— C'est un château médiéval retapé avec des techniques de l'époque. Ils accueillent des gens de l'extérieur pour des stages, et pour les jeunes c'est possible à partir de seize ans, sous réserve d'être accompagné par un parent. Je me propose de l'accompagner.

— Tu crois que ça lui plairait ?

— Je l'espère. J'y vois une manière unique d'approcher des savoir-faire et des métiers à un âge où on doit réfléchir à son orientation. Sur place, elle approchera une grande diversité de métiers : tailleurs de pierre, charpentiers, maçons… mais aussi tous les métiers liés à l'accueil du public : agents d'accueil, vendeur-vendeuses en boutique, métiers de la restauration, guides, animateurs-animatrices pédagogiques… ainsi que les métiers liés à la communication, au web, à la gestion et à la comptabilité. En vivant un mois au milieu d'eux, elle participera, elle travaillera en équipe, elle apprendra le collectif.

— Tu veux faire de ta fille une maçonne ?

— Je lui souhaite d'avoir un métier qui ait du sens pour elle. Et j'aimerais élargir sa vision du monde. Elle n'évolue qu'en milieu urbain depuis sa naissance et n'a aucune idée de la manière dont les choses se conçoivent et se fabriquent.

— Au moins, elle pensera à autre chose qu'à ses cheveux et à ses ongles.

— Oui, j'ai pensé qu'il était temps d'agir à la racine du problème, si je puis m'exprimer ainsi.

— Monsieur est très drôle.

— Monsieur t'invite à déjeuner si tu as le temps. Monsieur aimerait bien prendre des nouvelles de Madame la mère de sa fille.

— Avec plaisir, mais que veux-tu savoir ?

— Bonnie me dit que tu t'intéresses aux robes de mariée en ce moment…

— Comment ? Mais je n'ai jamais rien annoncé de tel à Bonnie !

— Justement, elle l'a appris par la gardienne de l'immeuble et elle a trouvé une robe de mariée planquée dans le coffre de la voiture.

— Oui, c'est pour un article.

— A d'autres ! On n'a pas besoin de s'acheter une robe de mariée pour écrire un article. Et encore moins de la cacher dans le coffre d'une voiture. Je suis déçu que tu ne veuilles pas parler de tes projets de mariage ni à moi ni à Bonnie.

— Pourrais-tu imaginer un instant qu'on peut acheter une robe de mariée dans un autre objectif que le mariage ?

— Non.

14

Lorsque Bonnie rentre à la maison le samedi soir, une surprise l'attend.

La robe de mariée trône au milieu du salon sur un buste de couturière.

Assise à sa table de travail, Yxelle écrit sur son ordinateur.

Elle relève la tête et repousse ses loupes sur le bout du nez pour profiter du spectacle de sa fille ébahie.

— Les nouvelles vont vite, Bonnie, ton père vient de m'apprendre que je me marie. Je compte sur toi pour me révéler le nom de l'heureux élu. Pour le mettre sur la boîte aux lettres. Parce qu'en plus de me marier, je vais changer de nom, forcément. C'est madame Fernandes qui le dit.

—Mamaaan ! (Elle miaule un peu lorsqu'elle est prise en défaut, elle a conservé cette faculté des tout-petits à émettre sur une fréquence en prise directe sur l'instinct maternel) mets-toi un peu à ma place… Madame Fernandes m'arrête l'autre jour dans le couloir pour me féliciter de ton mariage et me dit que je vais être drôlement contente d'avoir un second papa, et puis, en récupérant mon sac de sport, je trouve cette robe cachée dans le coffre de la voiture, c'est relou cette histoire. Pourquoi tu m'as rien dit ?

— Je ne savais pas quoi dire. A l'origine, je m'intéresse aux robes de mariée à cause de l'article que je suis en train d'écrire, mais je n'étais pas obligée d'acheter cette robe. Pourtant, je n'ai pas pu résister, comme si cette parure me revenait de droit.

— Mais alors, si tu ne l'achètes pas pour te marier, c'est un déguisement ?

— Oui, c'est ça, c'est un déguisement.

— Alors, quand est-ce que tu vas la porter ?

— Je ne sais pas. Je n'y ai pas pensé.

— Tu n'as qu'à faire une soirée costumée de mariées.

— Une soirée costumée, c'est une idée…

Après une pause de quelques secondes, Yxelle ôte ses lunettes et regarde sa fille avec l'air de celle qui vient d'avoir une révélation.

— C'est même une excellente idée ! Pourquoi pas une soirée de mariées ? Que des femmes. Des femmes qui auront envie de porter à nouveau leur robe de mariage, ou des femmes non mariées qui ne voient pas pourquoi elles n'en porteraient pas une elles aussi. Et j'en profiterai pour recueillir leurs récits à propos de la robe de mariée.

— Je pourrai venir ?

— Non, Bonnie, pas toi, tu es trop jeune pour casser ce code. Je compte fixer l'âge à vingt-cinq ans minimum, l'âge auquel autrefois les femmes célibataires coiffaient Sainte Catherine. C'est une fête un peu tombée en désuétude.

— Et elles faisaient quoi pour leur fête ?

— On les appelait les catherinettes, elles portaient un chapeau jaune et vert, et elles devaient croiser les doigts pour trouver un mari, parce qu'à cette époque on était considérée comme une vieille fille si on n'était pas mariée à vingt-cinq ans. Longtemps, vingt-cinq ans est restée la date de péremption d'une femme.

— Ben dis donc, c'était pas mieux avant.

— Non, c'était pas mieux, bien que madame Fernandes pense le contraire.

15

Yxelle appelle sa mère une fois par mois, pas chaque semaine ni même chaque jour, comme certaines femmes de sa connaissance restées fusionnelles avec celle qu'elles désignent toujours comme leur *maman*.

Cette déformation de l'époque, qui consiste à désigner les parents par le vocable *papa* ou *maman* en toute circonstance — c'est ainsi que dans les médias telle personnalité, fût-ce un ministre en exercice, se retrouve soudain en couche-culotte — agace Yxelle au plus haut point.

Cette manière d'être maintenu dans l'état d'enfant à tout prix. D'entretenir un zozotement mental et de dédier sa vie au projet de ses géniteurs.

Tu quitteras ton père et ta mère, injonction biblique. On quitte son père et sa mère pour faire sa vie d'adulte, pas son papa, pas sa maman, tu es mal barré sinon, tu crois que tu es parti mais tu es resté en fait, tu sais, comme dans la pièce « En attendant Godot » où les personnages annoncent qu'ils s'en vont et ne bougent pas.

Il est vrai, se dit Yxelle, que je n'ai guère de mérite à ne pas bêtifier à propos de mes parents. Spectatrice impuissante de leurs disputes interminables et enjeu favori de leur conflit, elle a morflé. Elle avait l'impression d'être le ballon du match de foot que disputaient ses parents - un sport qu'ils jouaient à deux, très brutalement.

L'objet dans lequel on tape pour le renvoyer vers l'autre. L'objet qu'il faut contrôler pour marquer des buts. Dans le football parental, la lucarne étant cet espace où l'on peut faire mal, en empêchant, en frustrant, en humiliant. Que de week-ends et de vacances gâchés parce que sa mère lui inventait une maladie pour faire obstacle au droit de visite de son père, quitte à l'envoyer passer ses journées au centre aéré.

Que de Noëls tristes, en tête-à-tête avec son père ou sa mère, selon qu'il s'agissait d'une année paire ou impaire, devant un sapin artificiel déplié chaque année pour la circonstance et la joie qui va avec. Ce qui importait pour ses parents, ce n'était pas Noël, mais qui des deux détiendrait le trophée cette année-là – le père les années paires, la mère les années impaires. Les années « père » il lui fallait plus d'une journée pour se détendre un peu. Elle avait intériorisé que sa mère attendait d'elle une résistance à aller chez « l'autre » - le mieux étant un refus - d'ailleurs la mère ne manquait pas, à chaque fois, de gémir que sa fille allait lui manquer et s'inquiétait de la manière dont *on* allait s'occuper d'elle.

Elle n'hésitait pas à affirmer à tous qu'Yxelle rechignait à aller chez son père, qu'elle devait insister.

Yxelle, écrasée par la culpabilité, n'osait se réjouir d'aller voir son paternel et faisait la tête consciencieusement pour complaire à sa mère, être une bonne fille et faire ce qu'on attendait d'elle — même à distance, loyauté oblige.

Lorsqu'elle commençait à se détendre, c'était le moment de repartir, le ventre noué à triple tour à la perspective de l'interrogatoire serré qui l'attendait à la maison. Que des questions-piège, destinées à savoir si on avait parlé d'elle, ce qu'on avait dit, si son connard de père l'avait critiquée, s'il y avait une autre femme, si ce salaud avait entrepris d'en déglinguer une autre, si c'était mieux, meilleur chez lui, tu préfères chez lui ou chez moi, tu préfères qui, moi ou ton salaud de père ?

Un interrogatoire en règle chaque fois, à laquelle elle était soumise, avec à la clé le risque d'un drame si elle répondait mal ou si la mère pensait qu'elle lui cachait quelque chose. Mais tu ne me l'avais pas dit! Tu me caches quelque chose, tu ne me dis pas tout, tu dois TOUT me dire pour que je puisse te faire confiance. Putain la peur quand sa mère la regardait avec sa tête de détecteur de mensonges, allant parfois jusqu'à lui prendre le poignet pour vérifier les variations de son pouls.

Depuis sa plus tendre enfance, Yxelle avait très vite intégré la liste complète des bonnes réponses. Elle avait appris à mentir sur ce qu'elle éprouvait, parce qu'en vérité, non, sa mère ne lui avait pas manqué, parce qu'elle serait bien restée chez son père où on lui fichait la paix. À la place, elle devait déclarer à sa mère qu'elle avait compté chaque minute et critiquer son père en gage de sa sincérité. Après le rituel de l'interrogatoire, Yxelle se sentait souillée comme lorsqu'on a vomi.

Souillée et forcée.

Il était gentil son père, mieux, il était sympa, fin, amusant, mais impuissant à la protéger de la toute-puissance maternelle, falot. Il avait peur de Blanche. Elle lui en voulait pour ça. De la laisser tomber en quelque sorte en ne faisant pas le poids dans la balance. Elle lui en voulait de regarder ailleurs pendant que reposait sur elle, la petite, la charge écrasante de donner à sa mère l'adoration qu'elle exigeait. Une adoration qu'elle extrayait jusqu'à épuisement avec l'âpreté d'un chercheur d'or. Du coup, sa mère pesait une tonne. Elle aussi reprochait au père de la laisser seule sur le front c'est à cause de ta passivité, de ton refus de te battre que je suis obligée d'endosser le mauvais rôle, ton refus de monter au créneau fait de moi une mégère, et cette défiguration je ne te la pardonne pas.

Les années impaires, les années « mère » donc, sa douce génitrice, au cœur toujours prêt à saigner, lui faisait payer cher les cadeaux mis au pied du sapin. Il fallait supporter et approuver la litanie des critiques maternelles contre son père, rituel obligé avant toute chose, ça m'a coûté un bras, c'est pas ton père, cet égoïste qui ne pense qu'à lui qui te gâterait comme ça, je suis sûre qu'il n'aurait même pas pensé au sapin, ah ça, le champagne il n'aurait pas oublié, il aime trop ça etc… il lui fallait boire cette coupe de poison jusqu'à la lie. Pour trinquer, ça elle trinquait.

Un poison qui la tuait à petit feu, jusqu'au jour où l'adolescente avait trouvé qu'il n'agissait pas assez vite et avait décidé d'accélérer le mouvement.

TS, c'était marqué sur sa fiche à l'hôpital psychiatrique. Tsst tsst, pas bon TS.

Après sa Tentative de Suicide, son père avait déposé une requête en changement du droit de garde et l'enfer avait recommencé, sous la forme judiciaire cette fois, avec expertise psychiatrique à la clé et enquête sociale.

La juge aux affaires familiales, qui avait l'habitude de ce genre de situation, a procédé à l'audition de l'adolescente. Pour une fois qu'on s'intéressait à elle, que quelqu'un l'écoutait, lui disait qu'elle n'avait pas à choisir entre son père et sa mère, à préférer l'un à l'autre, qu'elle n'avait aucune responsabilité dans le conflit de ses parents, que rien n'était sa faute.

La juge lui a répété plusieurs fois ce n'est pas de ta faute ce qui se passe, rien n'est de ta faute. La juge a compris que la situation la rendait malheureuse et lui a demandé où elle préfèrerait vivre. Yxelle ne se voyait ni chez l'un ni chez l'autre de ses parents, l'enfer recommencerait à coup sûr si elle habitait chez son père. Elle n'avait d'autre solution que le suicide ou la fugue.

— Et la pension, a dit la juge, tu y as pensé ? C'est un lieu neutre, et tu serais tranquille en attendant ta majorité.

Et c'est ainsi qu'Yxelle est devenue interne, dans un pensionnat suffisamment éloigné pour que la question des retours le week-end ne se pose pas.

Rarement, une jeune personne aura montré autant d'enthousiasme pour la vie en internat.

La mère d'Yxelle vit à l'île d'Yeu. Urbaine endurcie, elle a décidé lorsqu'elle a pris sa retraite de se retirer là-bas, pour dieu sait quelle raison.

— Alors, tu ne t'ennuies pas trop sur ton île ?

— Quelle idée ! Je suis occupée toute la journée. La pêche, le jardin, les voisins, le marché sur le port, et puis l'écriture c'est thérapeutique.

— Parce que tu écris à présent ?

— Oui, j'écris mes mémoires, pour laisser une trace de ce que je suis, aurais été, aurais pu être, et que tu saches combien j'ai souffert de tout ce qui s'est passé, tout ce que ton salaud de père m'a volé, combien je me suis sacrifiée pour toi. Je me répare vois-tu, je me répare.

Je la connais déjà par cœur ta version des choses, tu me l'as servie pendant toute mon enfance et mon adolescence, pas besoin d'un bonus, je ne suis pas demandeuse s'insurge une petite voix intérieure. Décidément, cette femme ne changera jamais.

— Eh bien l'écriture, ça va nous faire un point commun.

— Toi tu écris des articles, c'est documentaire, moi j'écris avec ma sensibilité, avec mon sang, ce n'est pas pareil, c'est inspiré, c'est de l'écriture.

Ah oui, ta sensibilité, grince la petite voix intérieure, *des fois qu'on l'aurait oubliée celle-là, cette sensibilité dont tu te gargarises, dont tu t'imagines avoir le monopole, ce qui te permet de piétiner celle des autres en toute inconscience.*

J'entends encore tes mises en garde de mauvaise tragédienne, je suis à vif, hypersensible, une écorchée vive. Ta putain de sensibilité, l'arme absolue qui contraignait ton entourage, flingue sur la tempe, à prendre les mêmes précautions qu'avec un grand brûlé.

Cinq minutes avec sa mère au téléphone suffisent à la mettre en colère, son volcan intérieur se met à gronder.

— Je suis contente que tout se passe bien pour toi, je vais te laisser, il faut que j'aille travailler.

— Tu vas venir me voir bientôt ?

— Pour le moment c'est impossible, je suis en train d'écrire un article.

— Ça fait plus de six mois que je ne t'ai pas vue. Quand on allaite un enfant si on se doutait qu'il ne viendra plus vous voir quelques décennies plus tard !

— Tu ne m'as pas allaitée, maman, ça devrait te faire un début de consolation. Deux jours après ma naissance, sur une photo on voit papa me donner le biberon.

Elle entend un grand soupir.

— Si tu n'avais pas été journaliste, tu aurais fait un bon flic.

— Ou bien un bon juge d'instruction ou un procureur. Ce sont des métiers où il faut faire le tri entre ce qui relève du fait et ce qui relève de leur déformation intentionnelle ou non.

— Tu m'envoies Bonnie pendant l'été ?

— Je pense qu'elle viendra passer une semaine ou deux.

Bonnie aime bien aller voir sa grand-mère car elle jouit d'une grande liberté à l'île d'Yeu. Le territoire de l'île est assez vaste pour donner une impression d'espace et sa surface restreinte (43km2) procure à vélo la même autonomie qu'une voiture sur le continent. Bonnie sillonne l'île avec son vélo, et sa permission de dix heures pour sortir sur le port pour y retrouver ses copains lui donne un avant-goût grisant de sa future vie de jeune fille.

Le courant passe bien entre Bonnie et sa grand-mère, qu'elle appelle par son prénom, Blanche. Yxelle se dit que l'enfant a d'instinct fait le bon choix en l'appelant par son prénom, plutôt que de lui assigner le statut de grand-mère. Elle n'a pas à se demander si elle est bonne ou mauvaise dans ce rôle, Bonnie lui a tendu un nouveau miroir devant lequel Blanche peut se refaire une beauté.

16

Téléphoner à Lou pour l'inviter à l'anniversaire de Bonnie. En profiter pour lui confier ses dernières tribulations. Lou, tu ne vas jamais me croire, j'entre dans un aéroport pour accueillir mon amant, et je m'envole pour Rome avec sa femme ! Elle grésille d'impatience en attendant l'effet qu'elle va produire.

Lou, c'est sa demi-sœur, celle qu'elle voyait lorsqu'elle allait chez son père, celle qui n'avait pas le droit de venir à la maison parce qu'aux yeux de sa foldingue de mère, elle était le symbole vivant de la trahison paternelle. Concevoir un enfant avec une femme rencontrée après leur séparation, c'était trahir. A ses yeux, il aurait fallu que son père restât éploré, célibataire et stérile, veuf à jamais.

Yxelle avait compris assez vite que sa sœur n'était entachée d'aucun péché originel. Elle n'était pas l'enfant de la trahison. Lorsque Lou avait atteint sa majorité, leurs cinq années d'écart avaient cessé de les maintenir dans des mondes parallèles et leur ressemblance au père s'était affirmée, consacrant ainsi aux yeux du monde leur sororité. Elles avaient pris de lui le sourire énigmatique qui fait penser à l'ange de la cathédrale de Reims.

Un sourire constant, bouche close, commissures à peine relevées qui répand sur vous de la compassion.

Pas du tout le genre babines retroussées sur un clavier de dents trop blanches mordant la vie à pleines dents pour lui arracher des morceaux de choix (beurk). Le nez droit et un peu long, les pommettes plates et l'ovale très doux n'auraient pas déparé dans le visage d'une femme médiévale. Et le regard qui s'étire pour mieux réverbérer ce sourire angélique. Synchronisation subtile : commissure des lèvres / coin externe de l'œil, deux angles qui s'attirent. Dommage qu'on n'ait pas vécu au quatorzième siècle plaisante Lou, j'aurais pu être mannequin-vitrail.

Lou est la marraine de Bonnie.

Hormis sa carrière d'illustratrice de bande dessinée qu'elle a investie comme un escargot squatte sa coquille, Lou remet toute chose en question, elle avance sur une ligne de crête dans un équilibre instable, reflet de son tempérament mercurial. Mariée deux fois à quarante-cinq ans, ses histoires amoureuses ne durent jamais plus d'un an, mariage compris. Elle aime Bonnie comme si elle était sa fille.

Et si bon public, si réactive aux récits des aventures improbables de sa sœur.

— Quand tu me décris cette Margot, cela me donne une folle envie de la connaître.

— Je sais, toi tu serais restée à Rome avec elle.

— Va savoir. Pour une hétérosexuelle comme moi, ça aurait peut-être été une possibilité unique de rencontre amoureuse avec une femme.

— C'est incroyable, je suis en train de te raconter le gadin magistral que j'ai pris avec mon amant, et toi, tu me parles du rendez-vous manqué avec sa femme !

— Pour moi, l'histoire que j'ai entendue est celle d'une rencontre avec une femme.

— L'histoire que tu as entendue parle peut-être de tes désirs secrets.

— Peut-être. Il faut dire que ça marche tellement mal pour moi avec les hommes… j'en arrive à douter de mon orientation. Je me demande si je ne devrais pas régler ma boussole sur un autre pôle.

— Au fond, j'envie ta souplesse. Moi, je suis incapable de m'imaginer autrement que dans les bras d'un homme.

— Moi aussi, je suis captive de mes représentations. La force des bras masculins, le sentiment de sécurité gna gna gna… On nous gave dès l'enfance avec ça, les contes, les romans, puis les films, avec des histoires de héros qui viennent délivrer les princesses en détresse. Au fait, tu as déjà vu un mec te délivrer de quelque chose ? Mais ce n'est pas grave, parce que dans notre programme de formation, il est prévu que l'attente peut être longue, parfois cent ans, alors on a l'habitude d'attendre, c'est inscrit dans nos gènes.

— Et après, ils nous reprochent nos foutues attentes ! ah ah ! Et nous, on paye des coaches pour ne plus avoir d'attentes, ne plus être lourdes.

— En tout cas, Margot, elle assure.

— Oui, joli gabarit mental.

— Vous allez vous revoir ?

— Pour cela il aurait fallu échanger nos coordonnées.

— C'est la femme de ton ex-amant, elle devrait être facile à retrouver.

— Qui te dit que j'ai envie de la revoir ?

17

Convaincre Sandra a été plus facile qu'elle ne l'aurait imaginé.

— Le sujet de mon article c'est la robe, la vedette du jour J c'est la robe, et le marié n'est que l'accessoire de la robe. Je visualise déjà une mariée crevant l'écran en couverture sous le titre "la robe de ma vie".

Yxelle en est convaincue au terme de ses recherches : la robe de mariée cristallise tous les rêves au point d'occulter la réalité du mariage.

— Quelle image vient spontanément si on évoque le mot mariage ? C'est la robe de mariée !

Yxelle poursuit sa cavalcade, bon nombre de femmes qui croient vouloir se marier veulent en réalité porter une robe de princesse. A commencer par Bonnie. Après tout, la robe de mariée telle que nous la connaissons est une invention plutôt récente. Elle relève davantage de la mode que du sacré. L'art pictural témoigne qu'autrefois, les femmes de la noblesse se mariaient dans une robe qu'elles pouvaient porter en d'autres circonstances. Elle pouvait être taillée dans une étoffe noire. Le blanc n'est apparu qu'avec la séparation de l'Église et de l'État. Le blanc, symbole de pureté et de virginité. Et la robe de princesse aux multiples jupons, on la doit à Christian Dior.

Les falbalas un peu kitsch qui constituent le Dress Code du mariage moderne sont donc contemporains de Walt Disney. Première mariée Dior 1946, Cendrillon 1950.

— En somme, répond Sandra, nous serions toutes deux célibataires parce qu'insensibles aux robes de mariée…

— C'est pousser le bouchon un peu loin, mais je parie que dans le désir de se marier la robe pèse lourd pour beaucoup de femmes. Il n'y a qu'à voir le budget qu'elles y consacrent !

— Ôte-moi d'un doute, tu ne comptes tout de même pas révéler dans ton article que le mariage repose sur une illusion !

— Bien sûr que non, je compte en réalité demander aux lectrices de témoigner de leur expérience. Mais j'ai pensé que l'expérience serait plus complète si on leur fournissait l'occasion de sortir leur robe de mariée de la naphtaline.

L'idée a plu à la directrice de la rédaction, elle se pique au jeu, se prend à imaginer une méga-soirée rien qu'avec des mariées. Tu imagines le tableau, les photos fantastiques, le buzz ! Une invitation à cette soirée exceptionnelle récompensera les cent meilleurs témoignages de lectrice autour de leur robe de mariée.

On intitulera l'évènement « Mariées en folie ».

Une invitation comportant la consigne de venir habillées en mariée. Soirée de début d'été sur une terrasse en bordure de Seine pour échanger souvenirs, désirs et fantasmes autour de LA robe, si chargée de rêves et de symboles.

Pour Yxelle, se superpose à la vision de cette soirée en élaboration celle de Margot dans cette trattoria romaine, lui disant que les mariages sont des bals costumés. Amusée de constater que l'idée de Margot a fait son chemin dans son esprit à elle, puis à présent dans celui de Sandra. Tout excitée Sandra, elle adore le concept et la référence au film de Buster Keaton.

— C'est de la bombe, ça va cartonner, dit-elle avec des étoiles plein les yeux.

— Ça va coûter bonbon cette soirée, mais c'est une publicité fantastique pour le journal. Voilà comment on va faire : on publie cette semaine l'appel à témoignages orienté par un questionnaire préparé par tes soins et l'article devra être prêt pour passer dans le numéro du mois prochain avec publication des photos de la soirée et vidéo sur le site du journal et les réseaux sociaux.

Inspiration soudaine d'Yxelle :

— Si ça marche, c'est un nouveau concept que les femmes vont adopter parce que c'est dans l'air du temps. On pourrait lui associer une date. Si on faisait une OPA sur la Sainte Catherine. Génial, non ?

— Vendu ! On monte l'opération en grand pour la Sainte Catherine, le 25 novembre. On institutionnalise le jour des Mariées en folie...Et tous les ans, des soirées de mariées organisées partout. Notre journal parrainera le Prix de la meilleure soirée « Mariées en folie ». Bingo !

Sandra se frotte les mains à la perspective de créer un jour de la mariée pour toutes, en couple ou célibataires, mariées, pacsées, ou divorcées. L'idée étant de dissocier la robe de mariée de son contexte originel. Celles qui se sont mariées en tenue civile et en ont éprouvé après-coup une certaine frustration à réparer. Et les célibataires, pourquoi n'auraient-elles pas le droit de revêtir le vêtement d'une institution qu'elles ont écartée ou que les circonstances leur ont refusé ?

— Tu veux dire qu'on va remplacer l'infâmant chapeau jaune et vert par la robe de mariée ?

— Absolument ! Plus, la peine de se marier pour avoir une belle photo sur le buffet. Pour beaucoup, c'est le seul jour de leur vie où elles seront la vedette, le centre d'attention. Tu te rends compte ? La gloire, une journée, dans une mise en scène digne du cinéma. C'est puissant ça.

Yxelle conclut avec enthousiasme.

— Plus la peine d'hypothéquer sa vie pour une journée sous les projecteurs. On jette le mariage et on garde la robe.

Yxelle s'avise soudain qu'elle a oublié d'évoquer un point essentiel.

— Au fait Sandra, tu as pensé à la robe que tu vas porter pour la soirée « Mariées en folies »?

Sandra est prise de court. Gelée dans la question, elle se retrouve dans la situation du passe-muraille auquel les matériaux commencent à opposer de la résistance à son corps, en risque de rester emmuré.

— Moi ? En mariée ? A mon âge ? C'est une blague !

— Justement, tu es tout à fait dans la cible, aucune condition restrictive pour venir à cette soirée, pas besoin d'être mariée, même pas besoin d'être une femme d'origine. Il suffit de porter le vêtement, qu'il soit fait maison, loué, prêté ou acheté.

— Le problème c'est que j'ai du mal à me représenter en mariée, ça ne fait pas du tout partie de mon image. J'ai cultivé ma féminité en portant des vêtements masculins. J'ai l'impression que je vais me sentir comme un travesti dans une tenue pareille. D'un autre côté, je ne peux pas rater ça du fait que je vais demander à toutes les filles de la rédaction d'y participer.

— Obligation professionnelle, j'ai prévu de me déguiser moi aussi.

Imaginer toute la rédaction en grande tenue de noce semble rassurer Sandra.

Il a fallu faire défiler des centaines de modèles sur internet, puis l'accompagner pour choisir une robe. Sandra, quarante-huit ans, directrice de la rédaction d'un magazine féminin, n'ose pas entrer dans une boutique de mariage et dire *c'est pour moi*. Ça l'intimide. Yxelle a dû endosser le rôle de la mère et l'accompagner comme une gamine.

Sandra écarte d'emblée les robes virginales et arrête son choix sur un modèle princesse aux jupons de tulle ébouriffés, rehaussé d'un bustier en forme de cœur en satin incrusté de guipure et de perles. Son satin crémeux, ses envolées de tulle chantilly, vous mettent en bouche le goût d'un délicieux chou à la crème fouettée décoré de dragées. On en mangerait.

Sandra, habituée à sa silhouette de brindille filiforme se découvre une taille de guêpe autour de laquelle s'évase un tutu géant.

— C'est étonnant, c'est mon corps qui est là-dedans, mais il est méconnaissable, j'ai l'impression de porter une carapace d'insecte géant, ou une carrosserie ultra- légère.

La patronne de la boutique accepte de prêter la robe moyennant la mention du modèle et de la boutique dans l'article.

Sandra ne portera pas de voile, elle exhibera sa coupe garçonne et portera ses Stan Smith comme d'habitude. Étonnante Sandra qui connaît son style et retrouve ses repères en un claquement de doigts, tout l'opposé de Lou, équipée d'une boussole démagnétisée.

A la sortie du magasin, Sandra hoche la tête,
— Aussi loin que je me souvienne, je n'ai porté de vêtement qui marque la taille, j'ai l'habitude des vêtements souples qui suivent le corps tout au plus. Ce genre de robe rappelle l'époque où les vêtements corsetaient le corps de la femme, la coupaient en deux. Vous voulez le haut ou le bas ? Je me suis sentie remodelée. Pour moi aussi c'est très inhabituel la sensation que le corps s'organise autour de la taille. D'habitude je me sens une, là je me sens coupée en deux, un peu comme une bobine.

Au moins, toi, tu n'auras pas mal aux pieds, songe Yxelle qui n'a pas encore résolu la question des chaussures.

— Le coup est parti -dit Sandra-, on a publié l'appel à témoignage dans le numéro du mois. Ton parti-pris est gros comme une maison, mais ce n'est pas grave parce qu'il ne s'agit pas d'une enquête.

Les lectrices vont-elles valider par leurs réponses le titre de son article :

Ce qu'elles préfèrent dans le mariage : c'est la robe !

18

Un matin, Yxelle a reçu un long mail de sa fille qui a trouvé le questionnaire dans le magazine du mois et souhaite y répondre.

Je me souviens de ma rencontre avec ma robe de mariée, j'ai tout de suite su que ce serait celle-là que je porterais pour mon mariage. Je garde la photo sur mon Smartphone et je ne la montre à personne car il paraît que ça porte malheur.

Le jour de mon mariage je serai belle, si ça n'est pas le plus beau jour de ma vie, ce sera le jour où moi je serai plus belle que tous les autres jours de ma vie. J'attends de ma robe qu'elle me transforme pour une journée en femme d'une beauté surnaturelle et que tout le monde tourne la tête sur mon passage. Comme pour une reine. On dit que l'habit ne fait pas le moine, je n'y connais rien en moine mais pour la mariée, c'est le contraire, c'est la robe qui fait la mariée. Je me vois marcher lentement au son de la marche nuptiale sur le tapis rouge qui sera posé dans l'église, je remonterai la nef sous mon voile, au bras de mon père en habit, et mes deux demoiselles d'honneur tiendront ma traîne. Lorsque je m'approcherai de mon futur mari et que je relèverai le voile pour dévoiler mon visage, je verrai de l'éblouissement dans ses yeux. Voilà ce que j'attends. Éblouir l'homme que j'aime.

Je conserverai ma robe dans une housse et je la sortirai de temps en temps pour la toucher. Je ne sais pas si j'oserai l'essayer car je serai trop triste si je ne peux plus rentrer dedans.

Je regarderai les photos très souvent et le film aussi parce que c'est intéressant de voir bouger une robe longue, surtout lorsque je danserai la valse avec mon mari.

J'apprendrai à danser la valse juste pour cette occasion et juste pour la danser une fois. Mon mari devra apprendre aussi, sinon je divorce.

Porter cette robe comme un déguisement, peut-être, à condition de marcher sur un tapis rouge au bras d'un homme en smoking. Mon mari, ou bien un autre si j'ai divorcé entre-temps.

De toute façon, je veux du tralala pour mon mariage. Sinon, quelle est la différence avec le PACS ?

Pourquoi se marier, si on n'a pas le costume ? Personne n'a besoin de ça pour faire des enfants.

Tout de même, se dit Yxelle, pas un mot pour sa mère, la petite chipie.

Elle avise alors l'icône d'un fichier joint, clique dessus, et reste bouche bée en voyant apparaître sa robe de mariée photographiée sur un buste de couturière au milieu de son propre salon.

C'est donc la robe choisie par sa mère qu'elle a élue entre toutes pour son propre mariage ! Bonnie portera la robe de mariage de sa mère… Qui ne s'est jamais mariée.

19

Yxelle reçoit de nombreux témoignages de femmes. De la simple réponse au questionnaire publié dans le journal, à l'évocation de souvenirs particuliers conservés parfois dans le silence depuis le jour du mariage. Après avoir sélectionné les messages jugés conformes à son hypothèse, elle en a extrait les passages à publier.

Les lectrices retenues par elle seraient ses invitées, la rédaction se chargeant de compléter parmi le reste du contingent.

Séverine, 40 ans

Je me souviens avoir commencé les préparatifs de mon mariage un an à l'avance pour être certaine que tout serait parfait. J'ai pris les choses en main avec l'aide de ma sœur et d'une amie. Mon futur mari, que je consultais pour la forme sur les préparatifs de la fête, s'intéressait de moins en moins à l'événement au fur et à mesure que la date approchait. Ma robe était à mes yeux le clou de la cérémonie. Très ajustée, très juponnée, c'était la robe de bal de Cendrillon.Quatre mois avant le mariage je suis tombée enceinte à ma grande surprise. Concentrée à fond sur le mariage, obsédée par le moindre détail, la couleur des faire-part, le placement des invités, j'avais oublié de prendre ma pilule pendant plusieurs semaines. Le réveil a été dur, car même si ma grossesse n'était pas encore visible, mon corps commençait à changer, et je ne rentrais plus dans ma robe qu'il a fallu reprendre.

A mes yeux, le charme était rompu, ce n'était plus une robe de mariée mais une robe de grossesse adaptée à la circonstance. Les invités, eux, ont trouvé le mariage très réussi. Pendant un an on avait préparé le grand jour sans penser au jour d'après. Mon mari m'en a voulu pour mon acte manqué qui a précipité une naissance non choisie. Nous avons divorcé au bout de deux ans. Je suis incapable de regarder les photos du mariage. Il m'a trop coûté.

Aurore 30 ans

Dans la famille, on se transmet la robe de mariée de mère en fille depuis quatre générations. C'est une robe des années vingt, avec un petit décolleté carré et de larges bretelles, une taille basse et une jupe en mousseline très fluide avec incrustations de dentelle. Pas de voile, mais un bandeau en résille blanche piqué d'un camélia blanc sur la tempe. Génération après génération, les femmes de la famille se tiennent tendrement par la main grâce à cette coutume familiale. Leurs portraits en pied s'alignent sur un mur que je leur ai réservé. Pour l'instant nous sommes quatre. Toutes féministes.

Lise 30 ans

Oui, je l'avoue, je ne pouvais pas imaginer me marier sans tout le tralala. J'y ai consacré toutes mes économies et j'ai demandé à tout mon entourage familial et amical de m'aider à réaliser mon rêve. Ça a été le plus beau jour de ma vie, quoique trop court, même en prolongeant la fête jusqu'à l'aube.

Je possède au moins des photos et des films où je me plais. Je regarde souvent les photos mais je n'ai pu conserver ma robe car je l'avais louée (une ruine, même en location). Je me repasse le film lorsque le quotidien me pèse trop.

Anne-May 50 ans

Ma robe de mariée je l'ai cousue moi-même en la taillant dans des rideaux en coton trouvés aux Puces. Avec Gabin, on s'était mis d'accord, faire une fête splendide en dépensant le moins possible. Ce serait l'imagination et la poésie au pouvoir. Chacun était mis à contribution en fonction de ses talents. J'ai cousu ma robe mais aussi celle de ma sœur, de l'amie qui était mon témoin et celles de mes demoiselles d'honneur. Rideaux, chasubles en dentelle et même des tabliers ont été transfigurés pour l'occasion. La préparation a été intense et amusante, je me demande même si ce n'est pas le moment que j'ai préféré. On s'est émerveillés les uns les autres en offrant le meilleur de nous-mêmes. Certains ont cuisiné, d'autres ont fait la décoration (lampions en papier, ballons et même un dragon géant en papier mâché récupéré par une amie chinoise), sans oublier Manu et son accordéon chromatique qui a fait l'orchestre à lui tout-seul. Ma robe de mariée, j'y pense tous les jours, elle est devant mes yeux du fait que je l'ai rendue à son état de rideau. Un beau destin pour cette robe, accrochée à la fenêtre de ma cuisine.

Faye 35 ans

J'ai boycotté mon mariage. La cérémonie traditionnelle était impensable sans la présence de mon père. Mort quelques années auparavant. Expulsée prématurément de l'enfance, les mariages de conte de fée ça n'était pas pour moi. Me faire conduire à l'autel par mon beau-père qui avait tenté de me violer, hors de question. Inviter ma mère qui avait laissé faire et préféré regarder ailleurs, jamais! Je me suis mariée à la mairie entre deux témoins. Aucune photo, personne n'avait même pensé à prendre l'appareil. Mon mari a compris. Dix ans plus tard, nous vivons toujours ensemble. Bien sûr, je regrette de ne pas avoir eu de robe de mariée, mais je regrette bien davantage mon père. C'est comme ça.

Liliane 39 ans

Ma robe de mariée attend dans ma penderie. Elle et moi attendons depuis plus de cinq ans l'homme qui n'est pas venu le jour du mariage. Si vous avez lu le vol de Lol V. Stein de Marguerite Duras, ça résume assez bien ma situation. Etre invitée à la soirée que votre magazine va organiser serait très réparateur pour moi.

Stéphanie 42 ans

Pour passer de Stéphane à Stéphanie, rectifier une erreur de la nature qui me privait de ma véritable identité, j'ai tout enduré pour devenir la femme que je suis. Un long parcours du combattant, sans aucune certitude d'être autorisée à sortir de ma chrysalide. Lorsque j'étais chenille je me rêvais en mariée. Depuis que je suis femme, aucun homme ne m'a proposé le mariage.

Chez moi, l'espérance est une deuxième nature, alors revêtir publiquement un vêtement de noces serait ma plus belle consécration. Invitez-moi, vous ne serez pas déçue.

M. 49 ans

Mon mariage étant devenu une mascarade, j'aimerais porter une dernière fois les oripeaux de la fête avant de les jeter. Permettez-moi de porter un masque vénitien pour la circonstance.

Ce message elliptique, l'initiale M. et surtout le masque vénitien retiennent l'attention d'Yxelle. L'auteure de ce message fera partie des invitées sélectionnées par ses soins.

20

Le quart d'heure règlementaire accordé à sa mise en beauté quotidienne s'est avéré insuffisant pour la transformer en mariée plausible. Deux heures ont été nécessaires. Vernissage des ongles, maquillage, chignon - même écroulé, un chignon ça prend du temps. Bonnie s'étonne de voir sa mère posséder ce savoir-faire.

— J'ai fait comme toi, Bonnie, entre ma treizième et ma quatorzième année j'ai passé un temps fou devant la glace à essayer des coiffures. Après, ça m'a passé, mais j'ai conservé la technique.

En revanche, elle a besoin de l'aide de sa fille pour passer la robe et fixer le voile.

Bonnie balance entre admiration et jalousie.

— C'est contre-nature, une fille qui aide sa mère à mettre sa robe de mariée !

— Mais il ne s'agit pas de mon mariage, Bonnie, c'est pour le travail.

— Tu me la donneras, hein, pour mon mariage.

— C'est promis Bonnie, elle sera pour toi.

— Alors, prends-en bien soin, évite de manger et de marcher dessus.

— C'est noté ma belle, pas manger, pas bouger.

— T'es belle, comme ça, avec ton voile, on ne voit même pas que tu es vieille.

— Je prends ça pour un compliment. Mais finalement, je vais rabattre le voile, ça me donne l'air d'une communiante.

Yxelle s'esquive dans les froufroutements de sa traîne sinueuse.

— Fais attention à ta traîne, maman, ne la laisse pas balayer le sol, elle va être toute noire !

— Ah là-là ! le voile, la traîne, quel pensum !

— Tu as appelé un taxi ?

— Je comptais prendre le métro.

— Ma parole, tu le fais exprès, tu vas bousiller ma robe !

Exit Bonnie dans un claquement de porte.

Exit la fausse mariée laissant dans son sillage une future mariée très inquiète sur le sort de sa future robe. Les portes de l'ascenseur s'ouvrent sur une fausse mariée plus-vraie-que-nature laquelle se trouve nez-à nez avec un Léon médusé, incapable d'émettre d'autre son qu'un long sifflement admiratif.

— On ne devrait épouser que des imitations de mariée, à mon avis ce sont les meilleures.

— Pour une imitation de compliment, ça sonne vrai.

Léon semble saisi d'une inspiration.

— Ne bouge pas, j'ai une idée, ne bouge surtout pas.

Léon dégaine son mobile et quelques secondes plus loin se font entendre les premières notes d'une valse. Et pas n'importe quelle valse. Le beau Danube bleu!

Léon pose le mobile, s'incline devant Yxelle, passe un bras autour de sa taille, s'assure qu'elle tient fermement sa traîne, attend qu'elle ait posé la main sur la sienne, avant de l'entraîner dans la danse. Yxelle a peut-être valsé deux ou trois fois, tout au plus, à des bals de quatorze-juillet. Elle redoute de pouvoir arriver à la fin de l'exercice sans déchirer sa robe.

— Tu sais danser ce truc ?

— Fais-moi confiance, laisse-toi faire » assure Léon, décidé à l'évidence à poursuivre jusqu'au bout. Cette autorité soudaine, ça ne lui ressemble pas, lui, plutôt doux et féminin. Il ne s'agit pas d'autorité mais de détermination. Léon est déterminé et persévérant, ce qui dans certaines circonstances lui confère un grand ascendant. Comme à présent, l'évidence pour Yxelle de se laisser conduire, de le laisser faire.

Léon bouge avec souplesse tout en gardant la bonne distance pour ne pas marcher sur sa robe. Elle lui trouve une agilité féline tout à coup. Elle peut sentir sa paume en soutien dans son dos et l'autre main qui la guide pour la faire tourner. Elle se sent tenue. Une fois leurs pas accordés et le balancement régulier de la valse installé, Yxelle s'abandonne, sa robe autour d'elle devenue nacelle. C'est à peine si leurs corps se touchent en deux points, et pourtant il se passe bien plus que dans un slow. Deux danseurs de slow ont beau étroitement s'enlacer, ils se tiennent comme deux chandelles, mimant tout au plus un coït debout. Tandis que deux danseurs de valse font couple dès lors qu'ils s'accordent. Association subtile de la transe progressive du derviche tourneur à un mouvement de va et vient.

Yxelle se souvient de l'effet érotique intense que produisait sur elle la vision de la jambe de Fred Astaire en smoking se glissant entre celles de Ginger Rogers pour la faire pivoter, dans un bouillonnement de mousseline, de crêpe ou de satin selon la scène. Sans compter l'effet hypnotique d'une danse qui vous fait tourner la tête.

Lorsqu'elle revient à elle, plusieurs voisins les entourent dans le hall de l'immeuble devenu salle de bal, certains prenant une vidéo. Madame Fernandes n'est pas la dernière à avoir profité du spectacle.

Le couple, désormais légitime, sort sous les applaudissements. Léon en bermuda parce que ce jour-là, il fait chaud. Très chaud.

21

— Tu n'arriveras jamais à l'heure si tu prends un taxi.

— À part le métro, tu as une meilleure idée ?

Oui, Léon a une meilleure idée, il la prend par la main, la conduit vers une trottinette électrique sur laquelle il l'installe et se place derrière elle.

— Même principe que pour la valse, tu tiens la traîne, et je conduis.

Non seulement Yxelle ne trouve rien à redire, mais le trajet l'enchante. Tous les véhicules laissant la priorité à ces mariés déjantés, avec force coups de klaxon joyeux, sifflements et youyous des passants. Quelques « vive la mariée » retentissent à leur passage place de la Bastille. L'ange de la Bastille poursuit sa course vers la nuit.

C'est troublant à la fin pour Yxelle, l'impression qu'elle va se marier pour de bon. Léon stopperait devant une mairie qu'elle ne serait pas plus étonnée que ça…elle se surprend à le trouver parfait en bermuda, parfaites aussi ses jambes d'homme, solides, avec des muscles longs.

C'est qu'elle ne l'a jamais vu nu, le père de sa fille, même pas en maillot de bain.

Sur place, deux photographes campent à l'extérieur pour mitrailler les mariées qui jaillissent de tous les côtés, comme au ball-trap. Chaque arrivante est accueillie par un jeune homme, smoking noir, chargé de la conduire jusqu'au bar en suivant un long tapis rouge. L'arrivée sur le tapis rouge, c'est le moment du cérémonial. Trente secondes pour chaque défilé. Cent mariées à propulser sur le tapis rouge. Principe de mécanique des fluides : pour éviter l'embouteillage, envoyer une mariée toutes les dix secondes.

Le lieu n'a rien d'une salle de bal, c'est un bar éphémère installé sur les quais dans l'esprit d'une guinguette. Des guirlandes de lampions accrochées dans les marronniers délimitent l'espace en pointillés lumineux. Au sol, d'un côté la Seine, luisante de toutes les lumières qui s'y reflètent, de l'autre, des bacs de bambous isolent le lieu de la voie piétonne. Au centre, un long tapis rouge posé à même les pavés de chaque côté duquel ont été réparties tables, chaises, banquettes et méridiennes. Au fond, s'étirant sur toute la largeur de l'espace, un bar hérissé de bouteilles de champagne plantées dans des saladiers d'argent remplis de glace.

Arrivée très remarquée du couple en trottinette, aussitôt repéré par les photographes qui le shootent de tous les côtés. Lorsque le cavalier d'Yxelle se présente en lui offrant son bras, elle lui sourit, et s'accroche au bras de Léon qui se trouve ainsi entraîné sur le tapis rouge.

D'abord effarée lorsqu'elle voit arriver ce couple improbable, Sandra plisse les yeux, puis scanne Léon de haut en bas et se met à sourire. Au milieu de tous ces hommes-silhouettes guindés dans leurs smokings, lui, jambes nues et nonchalance affichée, Léon est le seul à posséder une identité… et beaucoup de sex-appeal à en en croire le regard de Sandra.

Question sex-appeal, la femme qui s'avance à présent sur le tapis rouge n'est pas en reste, elle non plus. Elle porte un masque vénitien en satin blanc.

À son arrivée, Yxelle n'a pas le temps de s'attarder au bar - pour elle, il s'agit d'une soirée de travail. Elle rejoint Sandra avec une légère appréhension, se demandant tout à coup si son improvisation a été appréciée. Comme souvent, elle a pris un risque sur une intuition à laquelle elle n'a pas résisté. Le passé lui a déjà prouvé, hélas, qu'en cas d'échec, c'est le pilori. Elle craint tout à coup de se voir reprocher d'être sortie de son rôle et d'avoir transgressé les codes de la soirée en attirant sur elle les projecteurs. Les vedettes de la soirée, ce sont les mariées invitées par le journal, pas toi, imbécile. En son for intérieur, elle plaide coupable. D'autant plus coupable que si c'était à refaire, elle le sait, elle recommencerait. Sandra lui fait les gros yeux, fait mine d'avoir envie de la pulvériser, puis tout à coup la prend dans ses bras :

— Je me demande parfois si tu es débile ou géniale !

Soulagement. Ouf ! Elle a l'approbation de Sandra, la soirée sera une réussite, elle le sait à présent.

— C'est qui ce type qui t'accompagne ? Beaucoup d'allure, très sexy un homme qui a de belles jambes. Regarde, la moitié des mariées est agglutinée autour de lui. Nous y voilà, Buster Keaton poursuivi par une horde de Mariées en folie !

Yxelle ne répond pas, elle observe Léon qui tend une coupe à la femme au masque vénitien. Yxelle éprouve la satisfaction de ceux qui ont vu juste. Elle savait que la femme de l'annonce était Margot. En revanche, elle n'avait pas prévu que celle-ci ferait la connaissance de Léon.

Elle décide de les rejoindre.

— Margot, je savais que tu viendrais !

La mystérieuse mariée vénitienne ne marque aucune surprise.

— Tu vois, c'était inutile d'échanger nos numéros de téléphone, la vie se charge d'organiser les rendez-vous à notre place.

Lorsqu'Yxelle se retourne pour lui présenter Léon, celui-ci a disparu.

— Comment ça se passe pour toi depuis Rome ?

— Les masques sont tombés.

— Vous vous séparez ?

Margot lui adresse un sourire à la fois las et bienveillant.

— Le divorce est souvent la première réponse qui vient à l'esprit des couples en cas de crise majeure, mais il existe d'autres modes de résolution des problèmes conjugaux.

Yxelle écarquille les yeux.

— Comment ? Tu ne l'as pas plaqué sur le champ ?

— Je ne fonctionne pas comme ça.

— Ça ne correspond pas avec l'image que j'ai de toi, une fille passionnée. Je t'imaginais davantage dans le tout ou rien.

Margot lui répond sur un ton enflammé :

— Tu ne me connais pas, tu m'as croisée dans un aéroport et nous avons pris un café ensemble. Tu me crois passionnée parce que cela te plaît de m'imaginer ainsi. La rousse flamboyante, la femme fatale, et tant qu'on y est, la bombe sexuelle. Ce genre de clichés, il y a longtemps que ça me fait rire. La fille qui déclare les yeux au ciel je suis entière vous comprenez, avec moi c'est tout ou c'est rien, quelle blague. Il y a juste des gens qui mettent tous leurs œufs dans le même panier, des gens qui cassent leur jouet dès qu'il faut changer la pile. Qui se fâchent à mort dès qu'on les déçoit.

Ne surtout pas prendre pour argent comptant ce que racontent de telles personnes. Moi, je traverse la rue quand je repère un de ces spécimens tout-puissants et tyranniques.

Yxelle ne peut cacher sa déception :

— Je ne sais plus quoi penser, je me demande si tu aimes toujours ton mari ou si tu es prête à fermer les yeux pour ne pas le perdre.

A ce moment, Margot fait glisser son masque et plonge son regard dans le sien avec intensité. Peu habituée à ces échanges non verbaux, Yxelle se sent mal à l'aise... Elle perçoit que son interlocutrice attend d'elle de laisser tomber ces lieux communs qui lui servent de bouée pour éviter la noyade dans la piscine de sa vie.

— Tu juges un peu rapidement la situation, tu ne penses pas ? Heureusement que tu n'es pas avocate, tu enverrais tous tes clients au casse-pipe.

Yxelle reste interdite. Margot en rajoute une couche.

— Cette manie d'envoyer à la casse tout ce qui est abîmé ou en panne. On est en train de se rendre compte dans le domaine de l'écologie des dégâts causés par un tel état d'esprit, celui du consommateur. Eh bien, l'écologie du couple, ça existe aussi !

Survient Sandra qui attrape Yxelle par le bras :

— Désolée de vous interrompre mesdames, mais ce n'est pas le Colloque de Cerisy. Le DJ va entrer en action. Toutes en piste ! Je veux voir un massif de robes blanches !

Tout en entraînant Yxelle, elle lui demande :

— Dis-donc, il est passé où ton cavalier mystérieux ? Je pensais lui faire ouvrir le bal.

— Je pense qu'il est retourné chercher Bonnie, il devait dîner avec elle.

— Quoi ! C'est le père de Bonnie ? Et tu me cachais une pépite pareille ! Il est libre ?

— Tu penses bien que non.

Sandra est déjà repartie vers son cheptel de mariées pour les encourager à danser.

Elle missionne les hommes-silhouettes pour aller les chercher une à une.

Elle pense aux photos qui vont paraître dans son journal et sur les réseaux sociaux, il faut des bouches pleines de rires, des bras levés, des voiles qui virevoltent, des ages qui illustrent le titre de l'article « Mariées en folie ». Pourvu que le Buster Keaton d'un soir soit photogénique...

De son côté, Yxelle cherche dans la foule celle qui pourrait être Stéphanie, la femme qui s'est évadée de son corps d'homme.

Son regard se pose sur une femme aux traits un peu masculins, au corps athlétique et aux attaches un peu épaisses. Elle décide de l'aborder et lui touche l'épaule pour attirer son attention au milieu du vacarme.

— Stéphanie ?

La fille la regarde et lui fait un signe négatif.

Yxelle sent alors une main lui effleurer l'épaule, elle se retourne et se trouve face à une femme blonde au visage ovale sur un corps de Vénus.

— Stéphanie c'est moi.

Devant l'hésitation d'Yxelle, elle précise en souriant :

— Oui, c'est bien moi que vous cherchez depuis quelques minutes. Je vous ai observée. Vous ne pouviez pas me faire plus beau compliment en vous trompant de personne. Vous cherchiez une femme aux traits un peu masculins, n'est-ce pas ?

Sa voix est un peu grave, mais féminine sans doute possible.

— Si je ne connaissais pas votre histoire, jamais je n'aurais imaginé que vous avez été un homme.

Stéphanie est fémininement conforme, jusqu'à sa pomme d'Adam dont la taille a été réduite.

— Chondrolaryngoplastie par limage du cartilage du larynx, commente Stéphanie qui a suivi son regard.

— Le rasage de ma pomme d'Adam n'a été qu'une finition au terme de multiples opérations pour parvenir à ma renaissance, poursuit Stéphanie.

— Une finition… Répète Yxelle, à court de commentaire.

— Hormonosubstitution pour commencer la transformation du corps, puis CRS, aimable abréviation pour Chirurgie de Réattribution Sexuelle, également nommée Aïdoïopoïese, qui rend bien compte du côté Aïe-Aïe-Aïe Ouille-Ouille-Ouille de la création d'un vagin à partir d'un sexe d'homme. Pour la féminisation faciale, rhinoplastie, avance du cuir chevelu, lifting frontal, implant de joues, augmentation labiale, réduction du menton et pour la féminisation du corps, augmentation mammaire, épilation, lipofilling fessier, et j'en passe.

— Impressionnant. Ça a dû prendre beaucoup de temps.

— Dans mon cas, plus de sept ans entre le moment où j'ai commencé à en parler et ce que tu vois aujourd'hui. La transsexualité étant à ce jour définie comme un trouble mental, il faut l'intervention d'un psychiatre pour poser le diagnostic de dysphorie de genre. Sans lui, pas de feu vert pour le traitement hormonal, encore moins pour l'opération définitive. J'ai attendu deux ans pour le diagnostic. Ensuite, expérimentation sociale de l'identité de femme pendant deux ans, hormonothérapie 18 mois, vaginoplastie et opérations esthétiques diverses deux ans. Sept ans et demi dans une chrysalide, tu peux croire ça ?

— Et ta voix, elle a changé avec le traitement hormonal ?

— Hélas non, il a fallu des centaines d'heures de travail avec un orthophoniste. Lorsque je suis énervée, ma voix peut déraper.

— Je crois bien que tu as la robe la plus originale de la soirée, je vais demander aux photographes de faire de belles photos de toi. Si besoin, tu pourras venir en studio ?

— Et puis, si le photographe me fait du harcèlement sexuel, j'ai ce qu'il faut pour le recevoir. Je pratiquais la boxe française lorsque j'étais ado et mettais tous mes efforts à essayer d'être viril.

Yxelle ne trouve rien de mieux à faire que de l'embrasser et lui chuchote *Je te souhaite une belle vie de femme.*

Yxelle ne peut toutefois s'empêcher de penser que Stéphanie risque d'être déçue par sa vie de femme. Va-t-elle y trouver son compte après le prix fort qu'elle a payé ? Ne risque-t-elle pas de regretter d'avoir fait tout ça pour ça ?

Pour tomber sur des Charles qui se font passer pour des Luis.

Elle rejoint Sandra en train d'observer ses mariées avec le regard d'une surveillante d'internat.

— Sandra, tu vois cette femme avec une traîne à volants sur un short et un décolleté plongeant jusqu'à la taille ?

— Je l'avais repérée.

— Elle crève l'écran, non ?

— Toi aussi tu la verrais bien en couverture ?

22

Pour clore la soirée, une armada de tuk-tuks a été réquisitionnée pour un circuit romantique dans la capitale. Le flot mousseux des mariées se déverse dans les petites calèches électriques.

Margot n'est pas surprise de trouver Yxelle installée dans celui qui s'avance devant elle.

— Tu m'enlèves encore une fois ?

— Nous allons moins loin, cette fois-ci, juste une petite balade dans Paris.

— Qui sait, ce tuk-tuk dispose peut-être d'une autonomie suffisante pour nous emmener jusqu'à Orly…

— Nous n'avons pas terminé la conversation que nous avons commencée.

— Que veux-tu savoir ?

— L'écologie du couple, c'est bien pour faire une conférence à un auditoire conquis d'avance. Comment fait-on dans la vraie vie ? Tu comptes oublier, faire comme si de rien n'était ?

— Ma parole, tu as l'air déçue que je ne souhaite pas divorcer. Est-ce si vexant pour toi que ton passage dans un couple n'ait pas eu l'effet d'un cataclysme ? Tu te serais bien vue en briseuse de mariage ?

Margot a touché juste. Elle lui a cloué le bec en la remettant à sa place réelle. Celle de l'amante intermittente, quelques heures par-ci par-là pendant quelques mois, et aucune hésitation à l'aéroport, pas une seconde Luis n'a balancé entre les deux femmes, son choix était fait d'avance. Pour Yxelle, le fait d'avoir quitté l'aéroport au bras de Margot avait aboli cette réalité insupportable. En tournant le dos à son mari pour repartir avec Yxelle, Margot avait choisi son camp de manière éclatante. Exit le mari ! Voilà le scénario du film tel qu'Yxelle l'avait imaginé. Elle comprend à cette seconde que la réalité assumée par Margot est tout autre : une leçon donnée à son mari, une explication, un temps de pénitence et la vie continue. C'est ça le mariage, espèce de pomme, ce sont les chaussettes qu'on reprise et les bas qu'on fait remailler comme au bon vieux temps.

Un silence maussade s'installe entre les deux femmes tandis que la tour Eiffel scintille comme une meneuse de revue. Margot a dressé autour d'elle une barrière invisible interdisant tout contact aux intrus. Défense d'entrer dans sa psyché. Yxelle se sent chassée du territoire de celle qu'elle désirait pour amie. Ce soir, elle a tout gâché, elle s'est crue tout permis, parce qu'elle était sur son terrain de chasse, dans sa peau de journaliste qui s'arroge le droit de demander tout et n'importe quoi à n'importe qui. Margot l'a renvoyée à la case départ, celle de la femme abandonnée à l'aéroport, celle qui n'est pas choisie.

Le ridicule ne te fait pas peur, toi la maîtresse abandonnée qui s'étonne que l'épouse ne divorce pas. T'as compris la situation ou bien y faut que le mari t'adresse une lettre recommandée ?

Peu après avoir dépassé l'Ange de la Bastille, ce bel ange, le plus beau d'entre tous qui n'est autre que Lucifer, Margot se penche vers le chauffeur du tuk-tuk et lui demande de prendre le boulevard Richard Lenoir. Peu après le carrefour avec l'avenue de la République, elle lui demande de s'arrêter, puis descend sur le trottoir où elle prend tout son temps pour ôter sa robe qu'elle fourre sur la banquette du tuk-tuk. Elle ne porte rien en dessous.

Margot se penche à la portière avec un air grave — Laver les offenses, c'est tout un processus, il faut des rituels, dit-elle à une Yxelle médusée, juste avant de tourner les talons. Yxelle et le chauffeur, mâchoire pendante, la regardent tapoter sur un digicode, nue dans ses escarpins, une aumônière en satin se balançant au bout de la main, puis disparaître derrière une lourde porte.

Rideau.

23

Plus que douze heures pour boucler son article et l'envoyer à Sandra.

La nuit a été courte, mal dormi à cause des émotions de la soirée et de l'article qui s'écrivait déjà dans sa tête. Debout à six heures, son mug de café au lait sur la table (impossible d'éviter le franglais sous peine de répéter chaque matin *tiens, si je me servais un café dans une grande tasse cylindrique sans anse ni soucoupe*) elle se sent prête à rédiger son article. Elle l'a maintenant en tête. Il propose aux lectrices un nouveau concept : la robe sans le mariage.

Avec les « Mariées en folies » la robe ne sera plus cet arbre si attractif qui cache la forêt du mariage, cet appât avec lequel elles se font attraper.

Si l'idée plaît aux femmes, Yxelle leur propose de préempter le 25 novembre, jour de la Sainte Catherine. Les lectrices vont voter : la Sainte Catherine ou les Mariées en folie? Yxelle propose à ses lectrices de revisiter cette fête tristounette et obsolète. Une fête qui actait l'échec des femmes n'ayant pu satisfaire à l'injonction de trouver un mari avant l'âge de vingt-cinq ans, sous peine d'une forme d'exclusion sociale en étant étiquetées « vieille fille ».

A l'avenir, chaque 25 novembre, robe de mariée pour toutes, au lieu du stigmatisant chapeau jaune et vert de la Catherinette, vocable désignant celle qui intégrait la catégorie vieille fille et dont la cote venait de s'effondrer sur le marché du mariage. On peut se demander si ce chapeau au code couleur vert et jaune (couleurs choisies à dessein car ne s'accordant pas), n'était pas un cousin germain du bonnet d'âne réservé aux incompétentes incapables d'attraper un mari, voire aux incompatibles avec le mariage. Et qu'on ne vienne pas lui raconter que la Sainte Catherine est une fête très joyeuse, sachant que sa patronne, Sainte Catherine, fut écartelée pour avoir refusé d'épouser l'empereur. Prix à payer au quatrième siècle de notre ère pour refuser un prétendant : l'écartèlement !

Plus elle y pense, plus Yxelle a envie de rassembler toutes les femmes en une fête de célibat heureux, y compris les femmes mariées. Oui madame, même les femmes mariées ont droit à une journée de célibat par an. Le jour où elles sont *une,* où elles ne se sentent la moitié de personne, le jour où elles n'ont pas besoin de dire *oui à* une institution pour avoir le droit de porter une robe de princesse.

La mariée porte une robe à une place, et c'est très bien comme ça !

Les photos de la fête parleront d'elles-mêmes. Et Stéphanie en première page.

Prévoir la création d'un site ≠cequ'ellespreferentdanslemariage pour recueillir les avis et mettre en synergie toutes les créativités.

24

Ce matin, Madame Fernandes s'est précipitée à la rencontre d'Yxelle avec un sourire jusqu'aux oreilles.

— Vous faites un beau couple avec votre mari. J'ai passé la vidéo à Bonnie pour qu'elle voie comme vous êtes romantiques.

— De quelle vidéo parlez-vous ?

— Celle de la valse ! Je l'ai mise sur Facebook et il y a beaucoup de like.

— Mais je vous avais pourtant expliqué que ce n'était pas un mariage ! On n'est pas mariés et je ne me marie avec personne.

Madame Fernandes prend un air entendu.

— J'ai pas dit sur Facebook que vous étiez mariés, mais les gens ils ont trouvé que vous êtes deux mariés originaux et romantiques. Ils ont posté plein de messages avec des fleurs et des cœurs.

Yxelle soupire et renonce à s'expliquer davantage. Le mal est fait, la vidéo circule et Bonnie l'a déjà visionnée.

— Je dois y aller Madame Fernandes, à plus tard.

À peine a-t-elle franchi le seuil que Bonnie surgit avec son mobile pour lui montrer la vidéo.

— Vous êtes trop beaux tous les deux, ma parole, vous devriez vous marier.

— Bonnie, c'est juste pour mon travail, je te l'avais expliqué. Ton père a eu envie de me faire une blague, c'est tout.

— N'empêche, tu vas beaucoup mieux avec lui que Gina.

— Pop-pop-pop, on s'arrête là ! Stop, terminus, tout le monde descend ! Ne t'avise surtout pas de montrer cette vidéo à Gina.

— Ah ! tu vois bien que c'est pas innocent cette valse puisque tu veux pas la montrer.

—Tu me promets, tu ne la lui montres pas.

Bonnie hausse les épaules :

— De toute façon, à notre époque, tout circule et tout se sait. Fallait pas valser avec papa dans le hall de l'immeuble si tu ne voulais pas que ça se sache.

A ce moment, la « petite poucette » clique sur l'écran de son mobile et se met à hurler de rire. Elle tourne l'écran vers sa mère qui se reconnaît, serrée collée contre Léon sur une trottinette, sa traîne à la main et son voile flottant au-dessus du couple dans le style d'Isadora Duncan.

Un passant les aura filmés tandis qu'ils traversaient la Bastille sous l'œil ironique de Lucifer.

25

Le magazine vient de sortir en kiosque. Tout le monde va flasher sur Stéphanie, resplendissante en première de couverture. Et à l'intérieur, tout le monde découvrira la photo d'une demi-page montrant l'entrée en scène d'Yxelle et Léon sur leur trottinette. Plus glamour tu meurs. Et aussi, parmi les clichés des arrivantes défilant sur le tapis rouge, on verra encore Léon en bermuda avec Yxelle toutes voiles dehors, accrochée à son bras. Par contraste avec les autres couples dont l'homme en smoking n'est là que pour la figuration, comme faire-valoir de la mariée, le couple Léon-Yxelle fait VRAI. Il raconte aux lectrices une authentique histoire d'amour couronnée par un mariage.

Mince, se dit Yxelle, si Gina tombe là-dessus… elle va prendre ces images de plein fouet. C'est pourtant inévitable puisqu'elle est abonnée au magazine. Elle décortiquera la photo et ne manquera pas de zoomer sur l'expression du regard d'Yxelle. Un regard d'une expressivité indécente, se dit Yxelle. Gina sera *renseignée,* entre femelles on ne s'la raconte pas.

Un message de Léon apparaît sur son écran : *Besoin de te parler dès que possible. 11h à notre QG habituel ?*

Pffuiit, le petit bruit de courant d'air signale l'envoi de sa réponse : *j'y serai.*

Elle est au rendez-vous avec une demi-heure d'avance tant elle grille de connaître ce qui motive cette urgence. Léon n'est pas un homme pressé et encore moins stressé. Que se passe-t-il ? Yxelle espère ne pas avoir vu juste pour Gina.

Appel de Lou :

— J'ai acheté le magazine. Bravo pour ton article, en être l'auteure et la vedette malgré toi, quelle performance ! Arrête-moi si je me trompe, on dirait que Léon t'a prêté son épaule pour te consoler de ta rupture avec Luis. Tu aurais pu me le dire tout de même.

— C'est un cauchemar, tout le monde me répète la même chose, à commencer par ma fille. Nous vivons dans un monde d'apparences, Lou, tu ne vas pas toi aussi te laisser tromper par les images.

— Les images sont peut-être moins trompeuses que les paroles.

— Là, tu te racontes une histoire Lou, il ne s'est rien passé.

— Justement si, il se passe quelque chose entre vous deux, ça saute aux yeux. Comme s'il fallait coucher avec quelqu'un pour qu'il se passe quelque chose ! Depuis le temps, ça se saurait. Et histoire de mettre les points sur les *i*, j'ajoute que ce n'est pas parce qu'on ne couche pas avec quelqu'un qu'il ne se passe rien. Je suis bien placée pour le savoir.

— Tu me donnes le vertige ! Je te rappelle qu'il y a moins d'un mois tu étais persuadée que je faisais mon coming-out, que j'allais vivre une grande histoire d'amour avec Margot.

— Pour Margot, j'avoue que c'était plutôt une projection personnelle.

— Au fait, si tu veux voir à quoi elle ressemble, tu peux voir sa photo dans l'article, c'est celle qui porte un loup. Elle a assisté à la soirée des Mariées en folies. Elle s'est d'ailleurs comportée de manière étrange ce soir-là. Je me demande si elle n'est pas complètement cintrée.

— D'après le portrait que tu m'en as fait, elle me parait tout à fait capable de faire des folies, ce qui n'est pas la même chose. D'ailleurs, pourquoi est-elle venue à la soirée, tu l'as invitée ? Tu la revois ?

— Non, sa présence ce soir-là relevait plutôt de l'évidence, pour elle comme pour moi.

— Comprenne qui pourra…En t'écoutant, je viens de trouver sa photo et ça me donne envie de la dessiner.

— Tu te rends compte, Lou, tu t'es entichée de quelqu'un que tu n'as jamais vu.

— Et pourquoi pas, c'est ce qu'on appelle une cristallisation. Autrefois, il n'était pas rare de tomber amoureux de quelqu'un par portrait interposé. Parfois, on ne disposait de rien d'autre avant le jour du mariage. Que veux-tu, le portrait de Margot me fait rêver. Même avec son loup. Loup/Lou, c'est pas un signe ça ?

— Il faut que je te laisse, Léon vient d'arriver.

Rire flûté de Lou au bout du fil.

— A bientôt ma belle.

Léon vient d'arriver, l'air en effet un peu chaviré, la chemise à moitié boutonnée. Tiens, il porte un pantalon, on ne verra pas ses jambes aujourd'hui. Lorsque Léon se penche pour l'embrasser, il capte aussitôt sa moue dépitée.

— Des contrariétés ?

— Non, plutôt une expérience surréaliste. Depuis la soirée des Mariées en folie, tout le monde est persuadé que toi et moi allons nous marier. C'est dingue, tu ne trouves pas ?

Léon hoche la tête en signe d'approbation.

— Je vis la même chose que toi, mais en pire.

Léon s'est arrêté de parler. Yxelle reste suspendue à ses lèvres.

— En pire ?

— Oui, lorsque Gina a vu les photos, elle a fondu en larmes et décrété que j'étais amoureux de toi.

— C'est ridicule, je vais aller expliquer à Gina qu'il ne se passe rien entre nous.

— Ce serait peine perdue. Ce qui la rend folle, c'est qu'avec elle je n'ai jamais eu ce genre d'inspiration. Ce qui l'a achevée, c'est de voir sur Facebook la vidéo où on nous voit danser la valse. Il paraît que cette vidéo est devenue virale. Résultat, elle se sent ridicule vis-à-vis de ses amis et collègues.

Yxelle presse ses tempes entre ses mains.

— Depuis que j'ai décidé d'écrire cet article, j'ai l'impression d'être devenue le personnage d'une fiction dont je ne maîtrise pas le scénario.

Léon se met à rire.

— Une fiction dont on ne maîtrise pas le scénario, ça s'appelle Vivre, chère madame.

— Qu'est-ce qu'on peut faire ?

— Dans un premier temps, il faut que je trouve une chambre d'hôtel… Gina m'a prié de m'en aller. Elle a besoin de réfléchir, et pour ça d'être seule à la maison.

— Quel pétrin ! Tu peux venir à la maison, je peux te proposer le divan qui est dans mon bureau. Il me semble que je te dois bien ça.

— Qu'est-ce qu'on va dire à Bonnie ?

— La vérité.

— Tu es bien sûre que cette fois tu n'as pas quelque chose à cacher dans le coffre de la voiture ?

26

Lorsque Bonnie trouve papa et maman en train de boire un café sur le bar de la cuisine, elle en reste bouche bée. C'est la première fois qu'elle voit ses parents réunis au petit déjeuner.

Elle les regarde d'un air incrédule, ne sachant quoi penser.

— Alors, vous commencez à danser la valse dès le matin tous les deux?

Léon rit, Yxelle a l'air un peu penaude.

— J'ai demandé le droit d'asile à ta mère, Gina m'a jeté dehors après avoir vu la vidéo.

— J'en aurais fait autant.

— C'est ridicule, Bonnie, tu es bien placée pour savoir qu'il n'y a aucune ambiguïté entre ton père et moi.

— Sauf qu'on est des milliers à penser le contraire. Tu connais le proverbe il n'y a pas de fumée sans feu.

— Personnellement je préfère il y a baleine sous gravillons.

Bonnie décoche à son père un regard noir.

— C'est ça, essaye de noyer le poisson.

Exit Bonnie qui regagne sa chambre sans avoir touché à son petit déjeuner, signe de sa désapprobation.

Yxelle et Léon se regardent sans parvenir à réprimer un grand éclat de rire.

— Ma parole, elle ne supporte pas de nous voir ensemble.

— Je crois plutôt que ses repères sont chamboulés. Elle a l'habitude de voir papa et maman séparément depuis sa naissance, à l'exception de certains événements traditionnels comme son anniversaire. Ce qui se passe en ce moment la perturbe.

Bonnie réapparait avec son sac à dos, prête pour partir à l'école. L'air furibard, traverse la pièce en prenant soin de les ignorer et sort en claquant la porte.

— Quel souk !

— Qu'est-ce qu'on fait ?

— On reprend un café ?

Yxelle, les bras levés pour attacher ses cheveux avec une pince, sent comme une caresse la parcourir. C'est Léon qui s'est levé pour faire le café. Il pose une tasse devant elle et va s'accouder au bar en lui jetant un regard en coin.

Elle lui poste un coup d'oeil interrogateur.

Il reste silencieux, mais lui fait écho avec une expression qui semble vouloir dire si tu n'as pas compris, pas la peine de te répondre.

Yxelle, en short et marcel, se beurre une tartine comme si de rien n'était. Jouer à *papa et maman prennent le café dans la cuisine* lui semble original, voire exotique.

— Bon, ce soir on parle à Bonnie.

— Je crains que non.

Léon lit à haute voix le message qu'il vient de recevoir.

— Papa, c'est la semaine où je dors chez toi. Alors, je dors chez toi même si tu n'y es pas. Ne m'attendez pas ce soir. Et puis faites ce que vous voulez mais arrêtez de mentir.

Yxelle n'en revient pas.

— C'est fou, elle nous rappelle la règle, aujourd'hui c'est ton jour, elle nous signifie qu'elle ne veut pas de changement.

— Notre fille est comme les chats, c'est le lieu qui compte, pas le maître.

27

Gina continue à réfléchir tandis que Léon est toujours sans domicile fixe. Il est allé vivre à l'hôtel pour ne pas compromettre Yxelle et apaiser la tension avec sa compagne. Depuis une semaine, Bonnie a planté sa tente chez son père, ce qui revient à dire qu'elle vit avec Gina. Elle refuse de parler à ses parents, et Gina prétend qu'elle n'y peut rien si Bonnie est choquée par ce qu'elle a découvert. Bonnie a l'impression de vivre chez les dingues, lui a-t-elle répondu il y a quelques jours alors qu'Yxelle lui rappelait qu'elle n'avait aucun droit ni aucune autorité légale sur sa fille, elle a affaire à des parents qui prétendent qu'il n'y a rien entre eux, alors que leur love story est étalée dans toute la presse. Il y a de quoi perdre la boule, tu ne trouves pas ?

— Et toi Gina, que penses-tu de tout ça ?

Gina a botté en touche, pas moyen de lui tirer les vers du nez. Elle a répondu d'un ton maussade qu'Yxelle le saurait après qu'elle aurait parlé avec Léon.

— C'est tout de même normal que l'homme avec lequel je vis ait la primeur, tu ne crois pas ?

Yxelle en est persuadée, Gina instrumentalise Bonnie. Soit pour les punir, soit pour frapper un grand coup. Yxelle est en plein désarroi.

Plus qu'une semaine avant l'anniversaire de Bonnie, et la situation qui est toujours bloquée.

Pour la première fois, Yxelle se sent seule. Le temps passé sans Bonnie n'a plus le même goût. C'est étrange comme les murs absorbent les bruits du quotidien jusqu'à restituer un silence compact. Un cube de silence où la musique elle-même vient se perdre tandis que des lambeaux de souvenirs ricochent sur les murs.

Un épisode avec Lou lui revient en mémoire. Une fois de plus, Yxelle affirmait que la solitude ne lui faisait pas peur, et en voulait pour preuve le bonheur des semaines sans sa fille, et ce goût de liberté des jours délestés du poids de la maternité. Lou lui avait répondu qu'elle ignorait ce qu'était la solitude. Yxelle avait bien tenté de se rebiffer, mais sa sœur était restée inflexible. « Tu vis avec ta fille, et même si ce n'est qu'une semaine sur deux, tu n'as pas le droit d'affirmer que tu es seule. Tu as un foyer, même s'il est monoparental. Tu ne sais rien de la solitude, Yxelle. Évite de parler de choses que tu ne connais pas. Surtout devant une *spécialiste* » avait-elle ajouté sur un ton sans réplique.

Elle comprend à présent ce que Lou a voulu dire alors qu'elle dîne seule en compagnie de son journal, tout en surveillant d'un œil l'écran de son mobile qui demeure vide.

Condamnés à partir dans l'oubli tous ces petits riens qu'on échange au quotidien.

Assigné à résidence tout cet amour à partager. À la benne, au tout-à-l'égout du néant !

— Ça ne peut plus durer, cette situation est absurde ! Crie Yxelle à ses murs qui avalent ses mots avec leur froide neutralité.

28

Réunion de crise à leur QG. Yxelle arrive au moment où Léon attache son scooter à un réverbère.

Malgré la situation, impossible pour elle de ne pas goûter la caresse de l'air sur ses jambes nues, impossible de rester insensible à cette explosion de vie qui vous déborde de tout côté. Dans leurs vêtements d'été, les corps sont comme des bêtes revenant à la vie après l'hibernation. Jusqu'aux doigts de pieds qui s'ébrouent dans les sandales pour tester leur liberté retrouvée. Léon a senti sa présence et redresse la tête. Leurs regards s'amarrent l'un à l'autre, c'est par les yeux qu'ils s'attrapent chaque fois qu'ils se retrouvent.

Le sourire viendra après, mais d'abord, tester la température de ces deux flaques où affleurent les courants sous-marins. Léon est sérieux, l'air préoccupé. Après la bise rituelle, ils prolongent leur petit hug habituel. Emboîtés comme deux salières, ils se donnent dans cette étreinte la sécurité de la terre ferme.

— Je ne sais pas comment aborder ça avec toi, mais je pense qu'il va falloir que tu interviennes auprès de Gina. Au prétexte que c'est sa semaine chez toi, Bonnie reste avec elle et refuse de revenir à la maison.

J'ai l'impression qu'elles se montent la tête toutes les deux, j'ai bien essayé d'aborder le problème avec Gina, mais elle refuse de me parler.

— Je viens de la voir, je suis passé à la maison après le départ de Bonnie au lycée.

— Et alors, que veut-elle ?

— Elle veut la preuve qu'elle compte pour moi, qu'elle compte davantage que toi bien sûr.

— Tu as réussi à la rassurer ?

— Elle dit qu'il y a une chose qui la rassurera, une seule.

— Ne me dis pas…

— Si… Elle veut qu'on se marie pour de vrai.

— Je suis désolée que cette fichue soirée ait déclenché un tel cataclysme, vraiment désolée.

— Inutile de te faire mal avec ça. Cette soirée n'a été que l'élément déclencheur d'une crise qui couvait déjà depuis un certain temps. Gina est plus jeune que moi mais elle vient d'avoir quarante ans, et elle n'a pas d'enfant. Cela fait cinq ans que nous vivons ensemble et si elle veut devenir mère, c'est maintenant. Elle n'en parlait pas et là, tout à coup, elle commence à paniquer. Elle trouve que je ne m'engage pas suffisamment et m'intime de prendre position.

Je la comprends et en même temps je suis surpris, parce que je lui avais dit ne plus vouloir d'enfant lorsque je l'ai rencontrée. Et elle était d'accord.

— Bien sûr… mais Bonnie n'a pas à prendre parti dans tout ça, ça ne la concerne pas.

—Bonnie a l'impression qu'on lui ment, elle se sent trompée, trahie, comme Gina. Je soupçonne Gina de la manipuler pour faire clan contre nous.

— C'est de la science-fiction cette histoire ! Réveillez-moi !

L'injustice de la situation, son absurdité et son propre état d'impuissance à trouver une solution, arrachent à Yxelle des larmes de rage. Léon avance la main et recueille sur son index une larme en lévitation à la commissure de ses lèvres.

— Toujours fâchée avec les kleenex ?

Elle lui fait un sourire piteux.

— Plutôt imprévoyante. Jamais de parapluie non plus.

Après un court silence, elle lui demande s'il a réfléchi à la réponse qu'il va donner à Gina. Mettre les choses au point, c'est la meilleure option pour ramener Bonnie à la maison.

— Tu as raison, il faut que je parle sans tarder avec Gina. Il me reste une question à résoudre : pour lui dire quoi ?

Un bourdonnement se fait entendre dans le sac d'Yxelle.

— Mon rendez-vous avec Sandra, j'ai mis une alarme pour être à l'heure. Elle déteste les gens en retard.

— Je peux te déposer si tu veux, c'est dans ma direction.

Il lui a mis un casque, s'est installé, et lui a fait signe de grimper derrière. C'est la première fois, se dit-elle, qu'elle se tient contre Léon, ses bras autour de lui ses seins contre son dos. Il conduit doucement, avec prudence, elle est bercée, elle se sent bien et pose sa tête casquée contre son dos. Un moment douillet dans sa vie chaotique.

Lorsque le scooter arrive à destination, Yxelle s'est endormie.

29

Yxelle sort de son rendez-vous avec Sandra avec la commande d'un nouvel article : Les rêves secrets des femmes à carrière.

Le sujet laisse Yxelle perplexe, presque apathique, tandis que Sandra grésille comme un beignet dans la friture à l'idée de cette nouvelle enquête. Pour Sandra, les marronniers n'existent pas, ses semblables recèlent des gisements de découvertes insoupçonnables. À Yxelle de les révéler au grand jour. Bien qu'elle ne se fasse pas autant d'illusions que Sandra, elle admire cependant l'enthousiasme de sa collègue, une ardeur qui lui vaut sans doute sa longévité à son poste. Sur le seuil de la porte, elle se retourne et lance à Sandra :

— Tu veux parier ? J'ai une hypothèse.

— D'accord, on parie une caisse de champagne.

— Oui, mais du champagne rosé.

— Bon, c'est quoi ton hypothèse ?

Yxelle lui décoche son meilleur sourire d'ange :

— On va découvrir qu'elles ont des cœurs de midinettes.

— La midinette, c'est toi, Yxelle. Alors prépare-toi à m'offrir une caisse de champagne !

Le journal n'est pas loin du collège Béranger où Bonnie vit ses derniers jours de collégienne avant les vacances d'été, puis la rentrée au lycée. Bonnie a dû sortir de cours il y a une demi-heure, sa mère a conservé l'habitude de mentaliser son emploi du temps. Elle ne doit pas être loin car elle ne rentre jamais directement à la maison.

Yxelle laisse ses pas la conduire vers la place de la République. Avant même d'apercevoir le petit attroupement qui s'est formé un peu plus loin, son oreille est soudain hameçonnée par une mélodie qui lui chavire le cœur : *Nobody knows you when you're down and out.* Un saxo la joue en solo. Elle s'approche pour voir le musicien qui s'est emparé de ce standard du blues, et se paye le luxe d'offrir à son public improvisé une interprétation personnelle et non une imitation servile de Jimmy Cox. C'est un enfant ! deux fois haut comme son saxo. Douze ans à peine, blond, encore imberbe, en osmose totale avec son instrument. Yxelle est sidérée par cet ovni qui semble jouer pour lui-même tout en gratifiant l'assistance d'une surabondance de grâce. Les larmes débordent de ses yeux et coulent sur ses joues tandis qu'elle sourit aux anges.

Dans la foule, un visage qu'elle connaît bien attire son regard, celui de Bonnie qui s'essuie les yeux du revers de la main- jamais de kleenex dans son sac. Elles se sourient d'être là au même moment et de pleurer pour la même chose.

Les arcs-en-ciel les plus beaux sont les rayons de joie qui brillent à travers nos larmes.

30

Lorsqu'elle rentre chez elle ce soir-là, Yxelle trouve Bonnie à la maison. L'adolescente s'est recalée sur le calendrier habituel alternant une semaine chez son père et une semaine chez sa mère. Assise au bar de la cuisine, un livre scolaire devant elle et son portable à portée de main, elle a sa mine un peu boudeuse qui ne signifie pas *de quoi fouetter un chat*. Elle se laisse embrasser mais ne rend pas ses baisers à sa mère.

Elle lève à peine la tête pour demander ce qu'il y a pour le dîner.

— J'ai rapporté des sushis, ça te va ? Tu as fini tes devoirs ?

Bonnie répond que oui et qu'elle a faim. Soudain, alors que sa mère dispose les sushis sur deux assiettes, elle lâche :

— Combien de temps vous êtes restés ensemble avec papa ?

— Je pensais t'avoir dit qu'on n'avait jamais vécu ensemble Bonnie, par choix.

— Oui, mais vous avez été amoureux combien de temps ?

C'était donc ça la question, Bonnie voulait savoir si ses parents s'étaient aimés, et si elle-même était le fruit de l'amour. La question se plante dans son cœur, telle la flèche de l'ange.

Que lui répondre, lui dire qu'elle est née dans le cadre d'un *échange/matière* ? Elle se souvient à présent de sa manière de passer la question à la trappe après avoir proposé à Léon de faire un enfant par l'opération du Saint-Esprit. Léon qui se demandait ce qu'ils raconteraient plus tard à l'enfant qui voudrait, comme tous les enfants, connaître la genèse de son histoire. Personne ne dispose du récit de ses origines. On en est tous réduits à l'enquête pour construire une histoire faisant de nous des enfants de roi. S'il y a mensonge ou secret, les pièces du puzzle ne s'assemblent pas, l'histoire ne tient pas la route, c'est une histoire de fou. Yxelle s'entend encore affirmer à Léon que le récit ne pourrait pas décevoir l'enfant. Elle avait même ajouté que ça aurait pu être le début d'une belle histoire d'amour…

Que dire à présent à sa fille qui tend son visage vers elle, prête à boire ses paroles. Lui dire : *tu aurais pu être l'enfant de l'amour, ma chérie, si on ne s'était pas arrêtés avant le début de l'histoire.*

Ou bien : *Si aucun être humain ne garde le souvenir de sa conception, c'est que personne n'a à le savoir. Tu es notre fille, tu n'as pas été adoptée et on t'aime. Que dire de plus ? D'où tu viens, je n'en sais rien, pas plus que je ne le sais pour moi-même. Nous sommes des sortes de météorites de chair, venues d'on ne sait où et en partance pour dieu sait où.*

Mais Yxelle reste muette, comme frappée d'incapacité à donner le moindre sens à cette histoire a posteriori, incapable de convoquer des mots pour construire une explication.

La révélation soudain qu'elle doit d'abord explorer sa propre mémoire, en remonter les maillons un à un pour offrir une réponse honnête à sa fille.

Elle qui pleure rarement déborde de larmes à présent, étreinte à la fois par un sentiment d'urgence et par un espoir semblable à celui des habitants du désert qui espèrent la pluie. Elle sanglote à présent.

— Je te promets… je vais te répondre … ça ne m'est pas…ça n'est pas…pas possible pour le moment.

Bonnie n'insiste pas car elle sait - la tête sur le billot, elle le sait - qu'elle vient de faire sauter un des cadenas qui enferment le cœur de sa mère. L'abîme entre elles se referme grâce à un de ces effets spéciaux dont seul le cœur a le secret, et les voilà, mère et fille qui forment une boule d'amour. Les pieds sur un confetti.

31

Bonnie a balancé l'équivalent d'une bombe à neutrons dans la maison de sa mère. Les équipements sont restés intacts, mais Yxelle se sent en miettes, molécule en folie aux atomes en vadrouille. Il y a urgence, elle doit reconstituer sa propre histoire pour répondre à sa fille.

Submergée par la honte face à *sa* Bonnie. Honte de lui avouer qu'elle avait gardé le bébé mais avorté l'histoire avec le père. Une histoire avortée avant qu'elle puisse prendre corps. Jusqu'à présent, elle pensait que cette décision ne la concernait qu'elle, elle et Léon qui avait accepté un marché à prendre ou à laisser. C'est ma vie, ça ne regarde pas Bonnie. Sa croyance que l'histoire de l'enfant ne démarre qu'au moment de son apparition d'alpiniste miniature arrimé à son cordon ombilical.

Seulement voilà, l'enfant réclame, il veut qu'on lui raconte il était une fois Moi, quand, comment, quelle dose d'amour dans la recette. Vous m'avez voulue, toi, lui, toi plus que lui, tu avais peur d'avoir mal, tu l'as fait quand même, pourquoi moi seulement, pourquoi pas d'autres, c'est à cause de moi que vous vous êtes séparés, j'étais belle, tu m'as trouvée belle, je te ressemble ou plutôt à papa ? Blanche m'a raconté qu'elle et grand-père s'aimaient beaucoup quand tu es née.

Pourquoi t'as pas de photo de toi en mariée ?

Incroyable se dit Yxelle, ma mère s'appelle Blanche, blanche comme une page Word dont le texte en filigrane resterait caché *en-dessous*. Faire revenir le texte par-dessus. Une partie de la réponse se trouve à l'île d'Yeu. Chez Blanche.

Je suis à Fromentine, je prends le bateau de 19 heures. Un sms qui n'appelle aucune réponse.

Elle arrive : un fait, lancé à la vitesse d'un boulet de canon.

Décidément, prendre ses parents par surprise est un réflexe qui ne se perd pas. Fromentine est le port d'embarquement pour l'île d'Yeu. Lorsqu'on est parti de la Gare Montparnasse quelques heures plus tôt, qu'on a pris le train jusqu'à Nantes, puis le car qui assure la liaison avec Fromentine, on éprouve une impression de voyage alors qu'on a parcouru moins de 500 km. Quand on est en vue du pont de Noirmoutier, il reste encore à prendre le bateau pour traverser les vingt-huit kilomètres qui séparent l'île du continent. Trente minutes plus tard vous accostez dans un autre monde. Un monde préservé du béton, des voitures et de l'époque, contenu dans une surface de vingt-trois kilomètres carrés. La maison de Blanche se trouve dans le port, à dix minutes à pied de la gare maritime.

Yxelle a laissé quarante minutes à sa mère pour se préparer au grand oral. Sa mère voulait la voir. Elle le lui réclame à chaque appel. Eh bien elle va la voir !

Mais aussi l'entendre et devoir répondre à ses questions. En l'espèce, comparaître à son procès. Pourquoi tu m'as fait ça, pourquoi tu m'as pourri la vie, gâché une partie de mon enfance et mon adolescence, pourquoi les bons souvenirs sont-ils tombés au fond de ma mémoire ? Pourquoi me faisais-tu du mal en prétendant que tu m'aimais ?

On ne se souvient paraît-il que des bons souvenirs. Le cerveau peut-être, mais le corps lui, n'oublie jamais les souffrances engramées : la tête qui s'enfonce dans les épaules, le ventre qui se noue, la sensation de manquer d'air, l'envie subite et irrépressible d'uriner… Cette peur que sa mère lui inspire et qui reprend ses marques à l'approche de sa destination.

32

Lorsque le bateau s'amarre, Yxelle est la première à se ruer vers la passerelle. Elle a pris un sac avec le minimum pour passer la nuit. Elle a déjà en poche son billet de retour sur le premier bateau du lendemain. Elle n'envisage pas de rester. Elle pose ses questions, obtient ses réponses et retour à Paris. Blitzkrieg !

Surprise : sa mère l'attend sur le quai avec un grand sourire. Une septuagénaire charmante à la silhouette de jeune fille, et ce halo d'éternel féminin qui flotte dans son sillage. Il ne viendrait à l'idée de personne de l'envisager comme la vieille dame qu'elle est pourtant du point de vue de l'âge. Elle continue de distiller un parfum de femme. Comme elle l'a dit un jour à sa fille au détour d'une phrase qui n'appelait aucun commentaire : *Que veux-tu, je n'ai pas l'intention de prendre ma retraite de femme. Femme je suis, femme je demeure.*

De voir sa mère sur le quai fait bondir son cœur de joie. Une réaction pavlovienne voir-maman-qui-attend = joie qui agace Yxelle au plus haut point. Imbécile, se dit-elle, tu n'apprendras donc jamais à te défendre de cette mère toxique qui ne sait qu'exiger de l'amour sans rien donner jamais. Tout absorber, même la lumière, comme les trous noirs.

C'est donc le cœur joyeux et la mine renfrognée qu'elle embrasse rapidement sa mère en se dérobant à ses effusions surjouées. Blanche n'insiste pas mais ne retient pas sa frustration :

— Quel cactus ! Pas moyen de te caresser les cheveux ou te serrer contre moi. Je suis kinesthésique, moi, j'ai besoin de toucher. On se voit si rarement, tu me manques tellement !

Yxelle ne se laisse pas attendrir par sa comédienne de mère et va droit au but :

— Maman, je ne suis pas venue pour une séance de câlins, mais pour te poser des questions.

Blanche, qui est tout sauf idiote, ne marque aucune surprise. Frontale comme sa fille. Elle ne se dérobe pas :

— L'un n'empêche pas l'autre, ma chérie. Joindre l'utile à l'agréable, c'est possible tu sais.

Insupportable, cette façon de se poser en spécialiste de la féminité et de ses attributs. Cette manière de décerner à sa fille, chaque fois que l'occasion se présente, un certificat d'incompétence en la matière. Avec Blanche, il faut entendre et traduire les non-dits : Comment ma fille ?! tu ne sais pas joindre l'utile à l'agréable, aucune sensualité, on a dû casser le moule après ma naissance pour fabriquer des femmes, des vraies.

Elle la toise avec son expression *tête à claques* qui donne à Yxelle l'envie de reprendre le bateau aussi sec. Cet air de défi qui est là pour lui rappeler en toute occasion que sa mère a coupé l'échelle et gardé pour elle tout ce que les femmes transmettent naturellement à leur fille. La confiance et l'abandon sont restés à l'étage au-dessus, dans une chambre fermée à double-tour, tant pis pour Yxelle.

Décidément, sa mère a l'air en forme, elle a même rajeuni. Toujours tirée à quatre épingles, cheveux teints et maquillage impeccable. Indéniablement belle et élégante. Se sentant observée par sa fille, Blanche se place devant elle comme devant un objectif :

— Alors, comment tu me trouves ?

— Rajeunie. Tu n'aurais pas fait un lifting par hasard ?

Miiiiiiip ! Mauvaise réponse, sa mère prend un air offensé et la tacle aussi sec :

— Tu veux rire! C'est à se demander si tu ne crains pas qu'on ait davantage l'air de deux sœurs que d'une mère et sa fille.

Yxelle encaisse le scud et sourit intérieurement. C'est bien ça, sa mère s'est fait lifter mais ne veut pas l'avouer.

Qu'on se le dise, Blanche est naturellement belle et naturellement jeune, elle est en passe de devenir plus jeune que sa fille.

Connaissant dans ses moindres recoins la géographie de leurs disputes, sa mère la rattrape et en vient au fait, l'air sérieux, presque grave, disponible. Incroyable la vitesse à laquelle les expressions se chassent l'une l'autre sur son visage. On dirait le ciel de l'île d'Yeu, constate Yxelle, que l'humeur mercuriale et l'agilité de sa mère surprennent chaque fois.

— De quoi es-tu venue parler ? Que veux-tu savoir ma fille ?

— C'est l'heure de te demander des comptes.

— C'est bien, ça. Les enfants doivent un jour demander des comptes à leurs parents. J'imagine que ça fait partie du processus de l'héritage, il n'y a pas que les baraques et les assurances vie.

— Tu es d'accord alors pour qu'on se parle à cœur ouvert ?

— Non seulement je suis d'accord, mais je l'appelais de mes vœux cette explication. Tout vaut mieux que cette distance, cette froideur que tu mets entre nous.

Le pire c'est qu'elle a l'air sincère, se dit Yxelle, prise d'un doute.

En attendant le moment propice à l'Explication, elles reviennent aux banalités du quotidien.

— Toujours pas de voiture ?

— Pas de voiture, non, mais un vélo électrique depuis que j'ai attrapé mes soixante-dix ans. Pour évacuer les déchets verts, je me débrouille avec la carriole et le composteur.

Dix minutes à pied de la gare maritime à la maison de Blanche située près de l'église de Port Joinville. La valise roulée sur les pavés fait autant de bruit qu'une charrette. On s'attend à voir sortir les habitants des maisons blanches bordant la rue principale qui monte vers l'église. C'est une maison de pêcheur sans étage, chaulée de blanc et festonnée de tuiles romaines comme toutes les constructions de l'île. Contrastant avec la simplicité de l'architecture, un solanum exubérant cascade autour de la porte d'entrée tandis que gauras et lavandes rythment la façade de leurs masses roses et mauves. Passé la barrière blanche, Yxelle découvre qu'un poulailler flambant neuf a été installé.

— Tu as pris des poules ?

— Oui, des pondeuses. J'essaye d'atteindre une forme d'autarcie pour les produits frais. Mon potager me fournit déjà tous mes légumes depuis l'été dernier. Avec mes quatre poules, je n'aurai plus besoin d'acheter d'œufs.

Elle désigne fièrement une petite serre :

— Celle-là je viens de la faire installer pour avoir des tomates et des salades plus tôt dans l'année, et aussi des fraises jusqu'au mois de novembre.

Yxelle ne peut masquer son étonnement devant cette reconversion radicale.

— Toi qui n'avais pas touché une pelle de ta vie avant de venir ici, ça ne t'ennuie pas de trimer dans un jardin ?

— Si c'était un simple passe-temps, j'aurais sans doute laissé tomber, mais le jardinage étant une nécessité, ça devient intéressant. J'ai une petite retraite, et une fois achetée cette maison il ne me restait plus rien. Ici, les maisons sont hors de prix. C'est un petit paradis, mer et campagne à la fois, alors c'est cher. Mon luxe, c'est cette petite maison. Cultiver mon potager étant une nécessité, la question de l'ennui et de la peine est contingente. Travailler, c'est aussi la condition pour ne pas s'ennuyer hors d'une grande ville. Je dirais même que produire des efforts utiles constitue une garantie de longévité. Je me suis vite rendu compte que je n'étais pas faite pour l'oisiveté. Quand on n'a pas l'habitude, c'est compliqué, il y en a beaucoup que ça déprime. En tout cas, très vite, j'ai réalisé que je ne supportais plus ma petite vie de retraitée à Paris à regarder mon carnet d'adresses se périmer. J'avais l'impression de vivoter, d'être inutile.

Que sa mère essaye de lui faire gober qu'elle s'adonne au jardinage ça la dépasse !

— Tu appelles ça vivoter ? Toi qui travaillais pour une maison d'édition, j'ai du mal à croire que tu puisses te passer de la vie culturelle parisienne.

— Arrête de me bassiner avec la culture, j'en ai soupé, crois-moi. À présent, je préfère le jardinage au culturel. Et puis, ce n'est pas une île de béotiens, on peut y trouver des livres, tu sais, et il y a même une Bibliothèque municipale. Et puis il y a ici quelque chose que je cherchais autrefois dans les tableaux de Poussin, une expression de confiance sur le visage des gens, probablement la confiance dans leur environnement.

Blanche lui fait traverser le vestibule qui conduit à un second jardin d'agrément situé derrière la maison. Un enclos de pierres sèches sert d'écrin à ce petit Eden où foisonnent mimosas, pruniers, hortensias et agapanthes.

— Tu vois ces framboisiers que j'ai plantés dans la plate-bande. J'en fais des confitures, je vais te faire goûter, elles sont terribles. À moins que tu ne préfères les mûres sauvages.

Yxelle le sait par Bonnie, Blanche ne jardine pas, un voisin avec lequel elle s'est arrangée cultive le potager et lui laisse une partie de la récolte. Mais de nos jours, ça fait bien d'avoir un potager, ça lui permet de frimer auprès de ses copains bobos !

À la voir ainsi tirée à quatre épingles, selon toute vraisemblance elle doit davantage s'intéresser aux éditeurs retirés sur l'île d'Yeu qu'à son jardin.

Attraper Blanche en flagrant délit de mensonge, ce sera pour une autre fois. Aujourd'hui, Yxelle est là pour liquider le passé.

— Je n'ai pas trop de temps pour parler jardinage, maman, je repars demain matin.

Sa mère la regarde avec pitié :

— Bien sûr, pas le temps, tu es dans le rythme parisien… dans ce cas, allons marcher sur la plage de Ker Chalon. C'est tout près et nous pourrons parler. Nous pourrons même crier, personne n'entendra. J'ai sorti un vélo pour toi.

Pédaler ne serait-ce qu'un kilomètre, et prendre l'air marin à pleins poumons vous fait changer de corps en quelques instant. Les tensions baissent d'un cran, la bête est heureuse de se délasser. Elles ont laissé leurs vélos le long d'un mur et sont descendues sur la plage qui montre ses rochers découverts à marée basse.

— Alors, qu'as-tu à me demander de si important ?

Yxelle s'était fait son film tout au long du voyage : attaque surprise, stupéfaction et résistance de sa mère, et pour une fois, Yxelle en position haute et menant la danse.

C'est comme ça qu'elle s'était représentée la scène dans le train, puis dans le car, où le dialogue s'était mis au point dans sa tête.

Mais à voir sa mère si détendue, si souriante, apparemment contente de la revoir, avec autour une plage rien que pour elles seules - au loin une silhouette d'homme pas plus grosse qu'une mouette promène la silhouette bondissante d'un chien– Yxelle est décontenancée, coupable par avance de troubler un moment pareil avec des questions sorties de la naphtaline.

Elle flotte tout à coup. C'était quoi au fait la question ?... Quel est le lien entre sa mère et sa propre incapacité à prendre le risque d'une histoire d'amour avec Léon, ou tout autre partenaire d'ailleurs ?

Quel rapport entre sa mère et cette tendance lourde à ne séduire que des hommes mariés, à préférer le risque de vivre des situations humiliantes comme celle de l'aéroport, plutôt que celui d'être abandonnée ?

— Pourquoi est-ce que tu hais papa à ce point ? Il ne t'a même pas quittée pour une autre. Pendant plusieurs années, il est resté seul.

Blanche ne marque aucune surprise. Elle ne cille même pas, comme si elle s'attendait à la question.

— C'est encore pire ce qu'il m'a fait. Je n'ai même pas eu la possibilité de me dire que j'avais une rivale, qu'il en préférait une plus belle ou plus jeune, ou plus habile, ou même un homme. Je n'ai rien trouvé à quoi m'accrocher. Ton père a fait de moi le fantôme de celle qu'il avait aimée. Ma rivale, c'était celle que je n'étais plus pour lui. C'était à se taper la tête contre les murs.

— Mais pourquoi il t'a quittée, alors ? Vous ne me l'avez jamais dit.

— Tu n'auras qu'à le demander à ton père, il est mieux placé que moi pour te le dire. Il est parti, c'est tout.

— Ça ne tient pas debout ce que tu me racontes, les choses ne se passent pas comme ça, et papa n'est pas comme ça.

— Que peux-tu en savoir toi qui n'as jamais vécu avec personne, toi qui es la championne de l'amour éclair ? Comment peux-tu prétendre connaître un père que tu n'as pas vu depuis des années ?

Yxelle ignore le coup bas et ne lâche rien.

— Ce que je sais, c'est que tu ne veux pas savoir. Parce que, pour toi c'est plus facile de ne pas savoir. Comme ça, tu restes une victime. Ça te dispense de ta part de responsabilité dans votre séparation.

Tu peux continuer de le haïr en toute quiétude et t'obstiner à m'empoisonner la vie avec la meilleure conscience du monde !

— Ma haine, c'est tout ce qu'il m'a laissé, je n'avais plus que ça. Oui, j'y tiens à ma haine ! Elle a pris la place de l'amour que j'avais pour lui. Cet amour, c'était ma charpente, sans lui, je ne tenais plus. Désolée, mais je n'ai pas trouvé mieux pour ne pas m'effondrer. Et c'est ma manière de rester fidèle à mon unique amour.

— J'ai toujours eu l'impression d'être de trop dans votre histoire, de ne pas y avoir ma place. C'est à cause de ma venue que votre couple a capoté ?

Blanche plisse les paupières et cherche ses mots avant de lui répondre.

Notre histoire a capoté parce qu'elle n'avait pas vocation à durer toute une vie. C'était une affaire de passion, et la passion n'est pas faite pour s'ouvrir à autre chose qu'à elle-même. Oui, tu as raison de dire que tu étais en trop, mais nous ne le savions pas. Nous t'avons désirée. Au fond, nous espérions que tu rendrais notre amour immortel.

— Et à la place, les couches et les biberons ont été un tue l'amour…

— Les couches et tes biberons ne sont pas responsables de notre naufrage. Je crois même qu'au moment où nous avons pris la décision d'avoir un enfant, nous aurions pu aussi bien décider de nous séparer.

— Tu veux dire que votre histoire était déjà finie avant ma conception ?

— Peut-être, mais nous ne le savions pas encore. En tout cas, ta venue n'a pas recollé les morceaux de notre histoire. Il n'y a pas eu de miracle, ça a été le début de la fin. Lorsqu'il est parti, ma haine a été pour lui et ma passion je l'ai reportée sur toi. Tu es devenue tout pour moi. Je n'avais plus que toi.

— Alors je comprends mieux pourquoi papa a préféré partir si tu l'aimais de la manière dont tu m'as aimée.

— Avant de plaindre ton père, n'oublie pas qu'on a toujours la femme qu'on mérite.

— Eh bien moi, je te dis que je n'ai pas la mère que je mérite !

À ces mots, Blanche parait sonnée l'espace d'un instant. Elle hoche doucement la tête, comme pour approuver, son menton se met à trembler et puis plus rien. Les larmes qui commençaient à mouiller ses yeux refluent.

C'est l'œil sec et le visage fermé qu'elle balance à sa fille avant de se détourner pour reprendre sa marche :

— Si tu te dépêches, tu pourras attraper le dernier bateau.

33

Sur le bateau à moitié vide, un écran diffuse des images des paysages de l'île, des criques dans leur écrin de falaises ocre, des plages de sable blanc, une plage de sucre roux, une mer émeraude tachée de turquoise, des ruelles bordées de maisons blanches basses, une profusion de bignones, glycines, hortensias, et des bougainvilliers que les murs de pierre sèche ne peuvent contenir. Toute une végétation exubérante qui sublime ces maisons de pauvres où des riches sont venus s'installer. Des riches en quête d'une conscience écologique, et qui roulent à vélo pour expier leur lourd bilan carbone. Cette île, qui respire beauté et harmonie, Yxelle ne la connaît que par écran interposé, pour n'y être venue à chaque fois qu'en coup de vent, et toujours pour déposer Bonnie.

Comme si ce territoire, dont elle vient de se faire éjecter, lui était refusé de manière inexorable. Le paradis de l'amour maternel. Ses yeux viennent de se dessiller. Elle aura été le dindon de la farce, l'intruse, le chien dans le jeu de quilles, c'est-à-dire tout ce qu'on veut, sauf l'enfant au cœur de l'histoire comme sa mère le lui a fait croire pendant des années.

Toutes ces disputes à son sujet, ces batailles homériques dont elle se croyait l'enjeu, le trésor pour lequel on s'entretue, alors qu'elle n'était qu'un prétexte.

Elle qui a failli mourir de cette déchirure qui passait par elle. Elle qui a été le déversoir du fiel maternel jusqu'à empoisonnement complet, elle prend conscience à présent qu'on lui a fait prendre des vessies pour des lanternes. Du poison pour de l'amour. Blanche lui a enfin craché le morceau : elle ne comptait pas pour elle, elle n'a jamais compté ! Seul son piédestal de déesse importait. Une déesse que son père avait fabriquée sans le savoir, en shootant à la passion une femme dépendante à vie d'une drogue qu'il avait cessé de lui fournir. L'adoration.

Depuis des années, Yxelle a fui autant qu'elle a pu cette mère et son amour toxique. Son insatiable besoin d'amour, piaillé avec la stridence des oisillons, le bec ouvert aussi large que leur tête pour réclamer leur pitance. Toujours en demande d'appels plus fréquents, de visites, d'attentions, de confidences… et quoi en retour ? Jamais satisfaite cette mère, que des reproches, que des plaintes, jamais assez, jamais assez, tout à sens unique et rien à donner. Oui, un vrai trou noir. Toujours à mettre en avant une sensibilité extrême, à vif, comme une hyper-vulnérabilité lui donnant tous les droits.

Mais aujourd'hui se dévoile ce qui était sous-jacent. Bizarrement, Yxelle n'en n'éprouve aucune douleur. Ce serait même plutôt le contraire.

Le sentiment de culpabilité qu'elle a traîné toute sa vie vient de tomber comme une peau morte. Et le verdict : innocente. Soulagement.

Une erreur de casting dans le film de mes parents. Je n'avais rien à voir dans cette histoire. Quand je pense que j'ai failli en mourir…

34

Il va falloir cravacher pour boucler l'article que Sandra lui réclame avec insistance en l'inondant de messages de plus en plus rapprochés.

— Tu avances ? Bouclage dans une semaine. Je sens que tu vas perdre ton pari.

Pour l'instant, de l'article, elle n'a écrit que le titre : Les femmes de pouvoir ont-elles un cœur de midinette ?

— Ça veut dire quoi midinette ? demande Bonnie qui passe par là et jette un œil par-dessus l'épaule de sa mère.

— Ce sont des jeunes filles naïves et sentimentales.

— Et alors, tu penses que les femmes de pouvoir, elles sont naïves et sentimentales ?

— Oui, parce qu'elles ont surdéveloppé leurs connaissances professionnelles, leur efficience et leur combativité alors que dans le domaine amoureux, leurs capacités sont sous-développées en comparaison. Ce qui m'amène à penser que leur modèle amoureux est simple et proche de celui d'une débutante.

— Comme toi ?

— Bonnie ! Occupe-toi de tes oignons !

Exaspérée, Yxelle rabat l'écran de son ordinateur, le glisse dans sa sacoche, attrape sa veste et se sauve plutôt qu'elle ne sort, pour trouver un endroit tranquille où travailler à l'abri des scuds de sa fille. Elle se dirige au radar vers son bistro habituel, celui où les serveurs la reconnaissent et la saluent, celui où elle a sa table habituelle, sa bulle dans laquelle elle se sent une éternelle jeune fille.

Ça tourne dans sa tête. Ma fille exagère, quelle mauvaise foi ! Elle le fait exprès, j'en suis certaine. Me traiter de midinette, quel toupet ! Elle me soupçonne peut-être de regarder la pendule en attendant l'homme idéal ? Celui qui vous passe la bague au doigt avec un diamant dessus de préférence. Celui qui vous demande en mariage genoux à terre. Le mariage, inauguré par cette journée nuptiale censée faire oublier toutes les autres. Le supposé plus beau jour de sa vie. La midinette, celle qui est prête à un marché de dupe, tout ce qu'elle a à donner en échange d'une illusion, comme le papillon qui prend une vulgaire ampoule électrique pour la lune et se brûle les ailes.

Les midinettes sont comme les papillons, elles se trompent d'astre.

Ce n'est pas moi, je fuis ce modèle, mon CV amoureux le prouverait si besoin était. Si ce n'est que Bonnie ignore tout de mes aventures et qu'elle s'imagine sans doute que je suis une sorte de vierge consacrée au travail et à la maternité.

Elle oublie que je pratique la maternité à mi-temps, ce qui me permet d'avoir une vie de femme pendant que son père prend le relai. Les midinettes recherchent le mariage, et moi le divorce !

Une bouffée d'amour la dilate à la pensée de Léon, sa moitié dans la séparation, qui a joué le jeu depuis le début avec elle, et sans qui elle n'aurait pu trouver cet équilibre.

Le souvenir de la soirée « Mariées en folies » s'invite sans prévenir, charriant avec lui son cortège de sensations ; la valse, les frissons, le serré-collé sur la trottinette, l'arrivée triomphale, les images qui racontent tout ça, les vidéos mémorisées sur son mobile, et le magazine dans lequel leur couple crève l'écran. À cet instant précis, à son corps défendant, à sa grande honte, elle se sent la Grace Kelly des mariages déjantés.

35

Un message WhatsApp de Gina intrigue Yxelle car les deux femmes communiquent peu: *Léon me quitte, mais ne te réjouis pas trop vite, tu n'en profiteras pas.*

Yxelle pose son smartphone, songeuse, puis le reprend pour appeler Léon. Elle tombe sur sa messagerie, ce qui l'agace au plus haut point. Détestant l'attente sous toutes ses formes, elle lui adresse un sms en insistant pour qu'il la rappelle sans délai. Soudain nerveuse, elle est incapable d'entreprendre quelque chose et reste figée dans cet état d'inconfort qu'on appelle l'expectative. Que veut lui dire Gina avec ce message lapidaire ?... Elle lui annonce que Léon la quitte, et sur le ton d'une rivale vindicative, elle lui prédit sa défaite à elle aussi. Comme si Gina gardait par devers elle une information qu'Yxelle ne connaît pas encore et qui à coup sûr ne devrait pas lui faire plaisir. Il y a de meilleures manières de commencer la journée que de recevoir une giclée de propos exsudant la jalousie et la malveillance en ouvrant son smartphone.

Un message laconique de Léon : *Suis occupé te rappelle plus tard,* fait monter d'un cran sa nervosité. Elle ouvre l'écran de son ordinateur et commence à relire l'ébauche de son article qu'elle juge trop cliché.

Elle se demande si son préjugé sur les femmes puissantes, qui selon elle possèderaient toutes un cœur de midinette, ne plomberait pas sa réflexion au point de l'empêcher d'écrire un article signifiant et surtout intellectuellement honnête. Elle doit aussi se rendre à l'évidence : elle est pour l'heure incapable de la concentration minimum pour le retravailler et mettre en évidence le fil rouge reliant les interviewes des femmes de pouvoir qu'elle a rencontrées. Une chercheuse en biochimie, une secrétaire d'état, une dirigeante de PME, une Conseillère à la Cour de Cassation et une économiste de renom. Elle se sent aussi misérable que l'élève s'apprêtant à rendre copie blanche.

Demander de l'aide à Lou, lui faire lire son projet et lui demander ce qui cloche d'après elle. Sa sœur pourrait l'aider, après tout, son travail consiste à travailler avec les textes des autres pour les mettre en image.

— Tu es ensablée avec ton article ? Tu penses que je peux t'aider ?

— Oui, je ne n'arrive pas à trouver le bon angle pour l'écrire. J'ai un préjugé dont je n'arrive pas à me dépêtrer. Cela me surprend, mais j'y tiens. Tu peux jeter un œil s'il te plaît ?

— On peut savoir quel est ce préjugé ?

— Qu'il y a un cœur de midinette en chaque femme.

— Et tu es plutôt ironique ou bienveillante par rapport à ce préjugé ?

— Ironique.

— Tu as besoin d'un retour urgent ?

— Évidemment que c'est urgent. C'est pour tout de suite et il n'y a qu'à toi que je puisse avouer mon incompétence. Tu me vois dire à Sandra, *désolée, mais j'ai un blocage, tu ne pourrais pas l'écrire à ma place ce fichu article ?* En plus, j'ai parié avec elle une caisse de champagne que les femmes avaient un cœur de midinette ! Je me suis fabriqué un beau piège fait maison !

— Je le lis et je te rappelle. Tu sais quoi ?

— Quoi ?

— Ça me fait plaisir que la grande sœur ait besoin de la petite.

— Au lieu de frétiller du croupion, dépêche-toi, tu devrais déjà être en train de lire. Tu sais quoi ?

— Quoi ?

— Je t'adore.

Le temps de boire son café et Lou la rappelle.

— Alors ?

— Ton article, tu devrais essayer de l'écrire à la première personne, je pense que ce serait intéressant.

— C'est tout ce que tu as à me dire ?

— Oui, je pense que ça pourrait t'aider.

— Eh bien là, je trouve que c'est un conseil en peau de saucisson que tu viens de me donner.

— Peau de banane conviendrait mieux. Tu ne perds rien à essayer. Il faut que je te laisse à présent.

Dépitée, pensant que sa sœur se débarrasse d'elle à peu de frais, elle jette un coup d'œil distrait sur la première phrase de l'article :

Qu'on se le dise, les femmes ont chevillé au cœur un dramatique besoin d'amour.

Rideau de larmes.

36

Lorsqu'elle a pris dans ses bras le serveur qui lui tendait une serviette en papier, et qu'elle s'est mise à sangloter sur son épaule, c'est là qu'elle a compris qu'il était temps pour elle de faire un repli stratégique. Ayant parcouru au galop les cinq cents mètres qui la séparaient de son domicile, en se maudissant de ne pas avoir de lunettes de soleil dans son sac - escortée de son microclimat avec trombes de pluie pour elle et soleil pour les autres - quel soulagement de se retrouver hors d'haleine à l'abri dans sa tanière. Elle fonce dans la salle de bains pour cacher à Bonnie le spectacle de ses yeux d'hippopotame et échapper à l'inévitable demande d'explications qui s'ensuivra. Prétexter une migraine pour s'enfermer dans sa chambre jusqu'à décongestion de son visage bouffi par les larmes. Dommage qu'il n'existe pas dans la vie réelle un correcteur *effets yeux rouges*.

Elle crie à la cantonade par la porte de sa chambre : *Bonnie, j'ai besoin de me reposer, à plus tard ma chérie.* Aucune réponse, silence des murs, aucun signe de présence humaine dans l'appartement. Elle passe une tête prudente dans le salon. Personne. Elle avance vers la chambre de sa fille. Personne. Retour cuisine. Toujours personne. Un mot fixé par un magnet a été laissé sur le frigidaire.

Format trop grand pour une liste, se dit Yxelle en le dépliant. En reconnaissant l'écriture de Bonnie, ni ronde comme sont supposées l'être les écritures de fille, ni bien alignée comme le commanderait la docilité attribuée au genre féminin, Yxelle esquisse le sourire de satisfaction d'une éducation réussie. Sa fille résiste aux lois du genre.

Son sourire se fige dès les premiers mots, puis devient grimace au fil de sa lecture.

`J'aurais préféré l'apprendre par toi plutôt que par Gina. La manière dont j'ai été « fabriquée ». Comme un paquet de lessive. Je comprends mieux pourquoi tu ne pouvais pas me répondre. Quelle lâcheté ! Tu gagnais du temps en me promettant qu'un jour tu me raconterais. Difficile à cracher que pour toi, avoir un enfant c'était comme adopter un petit chien. C'est tellement mignon n'est-ce pas ? Maintenant, je comprends pourquoi une robe de mariée à tes yeux, c'est un déguisement. Je ne supporte plus Gina, je ne supporte plus papa, je ne te supporte plus, je vais habiter chez Lou. Une femme seule sans enfants qui s'assume. Tu aurais mieux fait d'acheter un chiot, les chiens ne posent pas de questions lorsqu'ils grandissent.`

37

Lorsque Léon rappelle enfin Yxelle, il la trouve dans tous ses états.

— Excuse-moi de ne pas t'avoir rappelée plus tôt, mais j'avais rendez-vous avec un avocat. J'ai quitté Gina… et ça ne se passe pas bien.

— Je ne sais pas comment tu t'y prends avec les femmes quand tu les quittes, mais Gina est devenue venimeuse !

— Pourquoi dis-tu ça ?

— Parce qu'elle s'est vengée sur Bonnie. Elle lui a raconté, à sa manière, les conditions dans lesquelles elle a été conçue, si tu vois ce que je veux dire.

— La garce !

— Résultat, Bonnie nous prend pour des monstres et a fugué chez Lou !

— Quel bordel !

— Quelle idée aussi d'avoir raconté notre histoire à Gina ! Qu'est-ce qui t'a pris ? Moi qui te croyais discret !

— Écoute, j'ai été obligé. Gina a toujours été jalouse de toi. J'ai cru la rassurer en lui expliquant que tu étais juste une amie, qu'il ne s'était jamais rien passé de sexuel entre nous.

— Elle t'a cru ?

— Sur le moment, oui, elle pensait que tu étais une lesbienne contrariée. Jusqu'à la soirée « Mariées en folie », tout du moins.

— Que fait-on pour Bonnie ? Il faut lui parler.

— C'est ça, essaye d'organiser une réunion de famille avec Lou. Ce serait bien qu'elle soit présente. Comme Bonnie lui fait confiance, elle pourrait jouer le rôle de modératrice.

— Tu as raison, je vais appeler Lou.

— De mon côté, je vais me chercher un appartement.

— Comment ça, Gina t'a mis à la porte ?

— Oui madame ! elle ne veut pas quitter les lieux alors qu'elle vit chez moi ! Elle a consulté un avocat et m'a promis que ça allait me coûter cher.

— Tu ne peux pas la jeter dehors avec ses valises ?

— Non, madame ! mon avocate m'a déconseillé de le faire, au motif que dans une société civilisée on ne peut se faire justice à soi-même, m'a-t-elle dit.

— C'est absurde cette situation, que vas-tu faire ?

— Essayer de régler les choses à l'amiable, et sinon lui faire un procès qui va durer mille ans.

Je crains bien que cette histoire ne se termine comme un divorce alors que nous ne sommes pas mariés.

— Ne noircis pas trop la situation, ça devrait être plus simple puisque vous n'êtes pas mariés.

— Mon avocate dit que non, d'après elle, le mariage ou le PACS c'est plus simple. En gros, elle m'a expliqué que plus tu fais simple et plus c'est compliqué sur un plan légal.

— Le conseil du Shadock : la prochaine fois que tu séduis une femme, exige qu'elle t'épouse !

— Ou bien, je n'approche plus aucune femme sans la présence d'un avocat !

— Au fait, comment l'as-tu trouvé ton avocat ?

— A ta soirée « Mariées en folie », il y avait une avocate dans l'assistance. J'ai pris un verre avec elle et elle m'a laissé sa carte.

A ces mots, Yxelle reçoit dans son échine un signal glacé venu du fond des âges. Danger immédiat !

— La femme qui portait un loup ?

— Oui, tu l'avais remarquée toi aussi ?

— Partout où elle va, on ne voit qu'elle. Et sans son masque, tu la trouves comment ?

— Très professionnelle, plutôt pointue, et une bonne écoute en prime. Elle m'inspire confiance.

— Comment peux-tu dire cela, alors que Gina est tanquée dans ton appartement pendant que toi tu es SDF ? Tu as perdu le sens commun, ma parole !

— Elle est très réactive et ne m'a pas vendu du rêve. C'est ça qui m'inspire confiance. Elle ne m'a pas caché que ça peut prendre du temps pour récupérer mon appartement.

— Et physiquement, tu la trouves comment ?

— Elle me fait penser à cette actrice qui tournait dans les films de Chabrol…

— Stéphane Audran ?

— Oui, c'est ça, Stéphane Audran.

Nous y sommes, se dit Yxelle qui laisse tomber son interrogatoire. À quoi bon… elle sait ce qu'elle a besoin de savoir.

38

En menuiserie, la jalousie désigne une technique de volets orientables permettant aux personnes situées à l'intérieur de la maison d'observer sans être vues. Après son dernier échange avec Léon, c'est la technique adoptée par Yxelle : ne rien dire, ne pas commenter et observer sans se faire repérer, pour savoir ce qui se passe entre eux. Si ce n'est qu'elle n'y a rien à voir puisqu'aucun des deux protagonistes ne passe devant sa fenêtre.

Seule derrière sa jalousie, elle en reste pour ses frais, dévorée par une curiosité qui la transperce de questions en étoiles filantes. Une image aussi s'invite, stagnante comme un gros cumulonimbus par temps calme : la femme au loup et Léon prenant un verre à la soirée des Mariées en folie, avec cette carte de visite passant furtivement de la main de Margot dans celle de Léon.

Parmi deux cents personnes, ces deux-là se sont repérés immédiatement. Sex-appeal, dring-dring, tu me plais, c'est quand tu veux, le plus vite sera le mieux, dis-moi où et quand. Yxelle avait tout de suite compris qu'il s'agissait de Margot derrière le loup, et sur le moment, la coïncidence de les trouver ensemble elle et Léon l'avait surprise.

Quand on y pense, c'est étrange tout de même qu'une femme nue sous sa robe (vision de Margot émergeant de sa robe de mariée aussi nue et nacrée que la Vénus de Botticelli), ait pensé à prendre avec elle ses cartes de visite. Sa rencontre avec Léon : fortuite ou préméditée? … La vengeance peut-être, ou bien la volonté d'affirmer qu'elle est la meilleure. Tu as mis mon mariage en danger mais tu n'as pas été capable de garder Charles, je vais te montrer de quoi je suis capable etc. etc… ça tourne comme ça dans sa tête, comme un manège, et ça dure toute la journée.

Un SMS de Luis alias Charles met le feu aux poudres : *Je n'ai pas été élégant avec toi, je le reconnais volontiers, mais c'est vraiment tordu d'envoyer une personne de ton entourage séduire ma femme.*

Quinze partout.

C'est le pompon ! Charles est cocu et voilà que c'est ma faute ! C'est pénible à la fin cette femme énigmatique qui a tous les hommes à ses pieds ! Elle monte un plan machiavélique pour draguer le père de ma fille et c'est moi la fée Carabosse ! Trop c'est trop !

Après lui avoir répondu sans réfléchir *Bien fait pour toi gros connard,* elle se rend compte qu'elle vient d'endosser la paternité d'un plan dans lequel elle n'a rien à voir. N'empêche, elle trouve préférable le rôle de marionnettiste à celui de cocue. De savoir Luis /Charles en difficulté, elle se sent moins seule.

Le moment est venu d'une explication avec Margot.

Elle se convainc du bien-fondé de sa démarche. Après tout, si Margot est appelée à devenir la nouvelle belle-mère de sa fille, autant en avoir le cœur net.

Le cœur net de quoi au juste ?... Que Léon est tombé amoureux d'elle cachée derrière son loup ? Que son coup de cœur a viré à l'infarctus dès qu'il l'a vue sans masque ? Que décidément un homme ne sait pas rester seul plus de cinq minutes après une rupture ? Les hommes ont-ils à ce point horreur de la solitude qu'ils s'arrangent toujours pour rencontrer quelqu'un sans attendre, ou bien émettent-ils une hormone spéciale ou des ultra-sons lorsqu'ils sont en détresse ?

— Je veux en avoir le cœur net ! Hurle Yxelle au milieu du salon. Savoir si Margot est une sorcière. Si elle possède ce charme irrésistible dont Yxelle se sentait déborder jusqu'à ce qu'elle débarque dans sa vie. Avant de la rencontrer, Yxelle était comme une reine, au centre de sa petite tribu et regardée avec adoration, Léon inclus. Cette relation si singulière avec Léon lui était précieuse, elle la goûtait comme un vin de grand cru se bonifiant un peu plus chaque année. Mais elle se demande à présent si à l'intérieur de la bouteille le vin n'est pas bouchonné…

39

Un SMS de Lou lui rappelle soudain qu'elle a une fille : *Et Bonnie j'en fais quoi, je l'adopte ou vous la récupérez ?*

Mince ! toute à son obsession, elle avait oublié, complètement zappé sa propre fille. Expérience déroutante pour Yxelle qui a l'impression que depuis sa naissance, Bonnie est fichée dans sa chair comme dans sa conscience, à chaque instant de sa vie, au point d'avoir eu parfois la sensation de respirer pour deux. L'oublier pendant plusieurs heures relève de l'impossible.

Elle choisit d'appeler sa sœur, c'est plus pratique pour préparer les retrouvailles. Yxelle prend la température :

— Sur une échelle de 1 à 10, tu évalues comment la gravité de la crise ?

— Je dirais 4, Bonnie en fait des tonnes, mais au fond elle n'a aucun doute sur le fait d'être aimée.

— Mais alors, pourquoi fait-elle tout ce cirque ?

— Pour exister. Tu comprends, il ne lui arrive rien de notable alors que les adultes autour d'elle sont dans les grandes manœuvres. Il faut bien qu'elle ne soit pas en reste, la pauvre !

— Bon, disons que j'ai envie de croire que tu as raison. Est-ce qu'on peut organiser une réunion chez toi avec Bonnie ? On aimerait que tu sois présente pour jouer la modératrice.

— Venez ce soir si vous voulez.

— D'accord, j'interroge Léon et je te confirme ça. À propos, Bonnie est au courant pour Léon et Margot ?

Rire de Lou :

— Oui, Gina ne s'est pas privée de lui balancer ça aussi. Mais Bonnie n'y croit pas.

— Pourtant, ils ne se quittent plus. Charles m'a même envoyé un message pour me reprocher d'avoir mis Léon dans le circuit. Je vais demander à Léon de parler à sa fille.

— Et Léon, il t'en a parlé ?

— On n'a pas l'habitude de se faire des confidences sur nos aventures.

— Il ne sait pas pour toi et Luis, enfin, je veux dire Charles.

— Non, à moins que Margot lui ait fait des confidences sur l'oreiller.

— Et toi, tu y crois ?

— Bien obligée ! Qui résisterait à Margot ?

— Tu me permets de te donner un conseil ?

— Vas-y, dis ce que tu as à dire.

— Mange ton double !

— Ça veut dire quoi mange ton double ?

— Ça veut dire que tu te compares sans cesse à Margot et qu'apparemment tu sors toujours perdante de tes comparaisons. Arrête ça ! tu dérailles complètement. En fait, tu es jalouse, Yxelle.

Yxelle s'étrangle d'indignation et raccroche au nez de sa sœur en un geste réflexe, comme si le téléphone était devenu brûlant, tout à coup. Quelle idée, elle, jalouse ! Impossible ! Objet de jalousie oui, mais sujet éprouvant de la jalousie, impossible. On ne peut pas avoir été l'enjeu de la jalousie de ses parents son enfance durant, et une fois adulte, faire comme eux. Yxelle s'imagine avec sincérité mithridatisée contre la jalousie. Elle a trop souffert de celle des autres pour l'éprouver elle-même. Non, vraiment, aucune jalousie ne peut passer par elle.

40

Yxelle a réalisé qu'elle ne possède même pas le numéro de portable de la femme qui colonise ses pensées. Elle a cherché et trouvé son numéro professionnel dans les pages jaunes, puis s'est résignée à passer par son secrétariat pour prendre un rendez-vous, comme n'importe qui.

La voilà à présent face à Margot, séparée d'elle par le plateau de marbre d'un bureau immense.

Yxelle considère le meuble d'un air dubitatif :

— Tu n'as pas trouvé plus grand ?

Margot lâche un petit rire de tête :

— La déco n'a rien d'un choix personnel, et le mobilier ne m'appartient pas. C'est un bureau en espace partagé avec d'autres confrères. J'y reçois mes clients trois jours par semaine, je l'appelle mon bureau cosmétique. Le reste du temps, je travaille à la maison. Les locaux professionnels sont tellement chers à Paris que les avocats mutualisent de plus en plus leurs moyens d'exercice.

— Je ne suis pas venue pour parler de la décoration de ton bureau. J'ai reçu un SMS étrange de Charles.

Margot se cale au fond de son fauteuil en cuir. Yxelle jurerait qu'elle est un peu tendue, en position d'attente.

— Charles ?... Et que voulait-il ?

— Il me reproche d'avoir ourdi une vengeance contre lui en te fournissant un amant. Je pense qu'il a des soupçons sur la nature de ta relation avec Léon.

Magot lui répond sur le ton de l'indifférence :

— Léon, vraiment ? Je m'occupe de son dossier, il a besoin d'assistance pour sa séparation avec Gina.

— Oui, c'est ce qu'il m'a dit, il semble d'ailleurs t'apprécier beaucoup.

— Tant mieux, parce que je vais faire tout ce qui est possible pour l'aider à récupérer son appartement au plus vite.

— Alors comment expliques-tu la réaction de Charles qui me parle d'une idylle ? Il vit avec toi, il est plutôt bien placé pour t'observer. Et son SMS est très clair. Il est convaincu que tu vas le quitter pour Léon.

La question glisse sur Margot comme sur les plumes d'un canard. Sa réponse tombe comme une fin de non-recevoir.

— Le mieux serait que tu t'adresses à Charles, parce que moi je n'ai pas d'autre réponse à te fournir.

Yxelle est sidérée par la légèreté avec laquelle Margot semble prendre les choses.

— Donc, tu es formelle, tu ne vas pas quitter Charles pour Léon ?

Margot lève les yeux au ciel, excédée :

— Ma parole, tu fais une fixette. À chaque fois que tu m'adresses la parole, c'est pour savoir si je vais quitter Charles ! C'est fatigant à la longue. Alors Non ! Je ne quitte pas Charles. Et pour ton information, je ne fonctionne pas de manière binaire. À force d'être au service de gens binaires pour lesquels on est pour ou on est contre, auxiliaire d'un système judiciaire binaire, dans lequel le juge doit trancher tel un boucher, eh bien je préfère pour ce qui me concerne un fonctionnement plus subtil. Mais toi, apparemment, tu fais partie des binaires. Faut que ça saigne.

Au ton qu'elle utilise, Yxelle comprend que l'entretien est terminé. Margot est déjà debout et s'excuse de ne pas la retenir, mais elle a du travail.

Yxelle est mortifiée, autant de se faire éconduire de la sorte que de constater l'absence d'amitié de Margot à son égard. Pire, elle semble la mépriser. Cette manière de la traiter de binaire, comme si l'être binaire venait tout juste avant la paramécie dans l'échelle du vivant. Ainsi reléguée au rang d'être sommaire et incomplet, poussée vers la sortie, son regard trébuche sur un dessin posé sur une bibliothèque basse.

Il s'agit d'une case de bande dessinée format A4, représentant une femme à la ressemblance frappante avec Margot. Mais Margot a déjà ouvert la porte de son bureau et le battant cache à présent la vue du dessin.

Il est dix-sept heures lorsqu'Yxelle se retrouve sur le boulevard Richard Lenoir, penaude et meurtrie comme une victime de maltraitance.

Du boulevard Richard Lenoir à la rue Saint-Maur, il n'y a qu'un pas. C'est au radar qu'Yxelle rapatrie son corps à la maison, le traînant comme un chien en laisse. Elle marche comme une mécanique tandis qu'elle se repasse en boucle la scène avec Margot, énigmatique derrière son bureau XXL. Margot l'écoutant avec la patience obligée qu'il est convenu d'accorder au radotage d'une vieille parente un peu sénile.

Autour d'elle, sublimés par la lumière dorée de cette fin de journée, les passants ont la couleur du bonheur. Sauf elle, en noir et blanc, sans homme, sans fille et sans amie. Au croisement de la rue Jean-Pierre Timbaut et de l'avenue de la Ré publique, alors qu'elle guette le passage au vert du petit bonhomme, elle voit passer Lou en scooter, Lou, affichant un sourire séraphique dont elle a le secret. A peine le temps d'apercevoir un corps féminin à califourchon derrière elle, des mèches rousses dépassant du casque.

41

L'avantage d'habiter Paris, c'est qu'il se trouve toujours un bar à proximité où siroter un petit blanc à toute heure. Un Cheverny ce jour-là, servi avec son étui de cacahouètes hermétiquement clos - car après tout ce qu'on a raconté ces derniers temps, plus question de les présenter en soucoupe sous peine de se faire traiter d'assassin. Yxelle a besoin de mettre de l'ordre dans le chaos qui a pris le pouvoir dans son crâne. Elle est certaine d'avoir reconnu Margot sous le casque. Sinon, quelle probabilité pour que sa sœur promène une rousse sur son scooter, à un jet de pierre du bureau de l'avocate… Yxelle inventorie mentalement les pièces du puzzle : la fascination assumée de Lou pour Margot - une gorgée de Cheverny pour s'éclaircir les idées - le dessin entrevu dans le bureau de Margot, dont elle jurerait que Lou en est l'auteure - une gorgée de Cheverny - et enfin, les deux femmes en scooter - le reste du verre cul sec. Dans l'histoire qu'Yxelle se raconte, il suffit de remplacer la pièce Léon par la pièce Lou, et tout se tient. Yxelle éprouve un soulagement immense. *La même chose s'il vous plaît !*

Tout de même se dit-elle, ne nous emballons pas trop vite, le message de Charles désignait Léon. À ce souvenir qui ressurgit comme un boomerang, son cœur se serre et son estomac embarque d'un coup deux kilos de fonte.

À une époque où le moindre de vos faits et gestes est tracé et conservé, retrouver le message de Charles est un jeu d'enfant. Le relire la transporte de joie : *C'est vraiment tordu d'envoyer une personne de ton entourage séduire ma femme.* Sur le moment, alors que le message ne lâche aucun nom, son imagination avait rempli les blancs pour confirmer ses doutes. Une personne de son entourage, ça peut être un homme ou une femme. Ça peut donc être Lou. Une hypothèse qui l'arrange bigrement… En avoir le cœur net. *Buzz l'éclair,* ainsi que Sandra l'a baptisée en hommage à sa rapidité d'exécution, est déjà en train d'appeler sa sœur.

— Lou ?

— Oui c'est moi.

— Je vous ai vues toutes les deux sur ton scooter, avenue de la République, toi et Margot.

— Et alors… ???

— BD ou réalité ?

Rires de Lou.

— Autant que tu saches. J'allais t'en parler, n'importe comment. Tu es où là, maintenant ?

— A mon QG habituel.

— Je dépose Margot et j'arrive.

Yxelle se sent à la fois un peu grise et recolorisée des pieds à la tête.

42

Lou est arrivée en cinq minutes chrono. Yxelle n'a pas encore eu le temps d'intégrer la nouvelle de sa sœur aimant une femme, que Lou se matérialise déjà dans la porte à tambour du bistrot comme dans un sas de téléportation. Voilà sa sœur investie de l'aura d'une expérience sexuelle demeurée terra incognita pour elle-même. Yxelle recontacte cette croyance d'adolescence qu'en matière sexuelle, une première fois vous change de manière tangible. Son premier baiser comme tatoué sur ses lèvres à l'encre fluo, visible de tous.

Elle se revoit encore dans le bus après cet événement incommensurable, remplie de gravité, certaine de ne plus être la même pour avoir été initiée cet après-midi-là au mystérieux french-kiss, ce sésame qui vous fait quitter le rivage de l'enfance.

Pareil pour son premier rapport sexuel. Lorsqu'elle a accueilli pour la première fois un garçon dans son for intérieur, ni l'amour ni le plaisir n'était au rendez-vous, mais la certitude d'être devenue une autre -socialement s'entend- pour avoir passé un rituel étrange sur lequel tout le monde s'accorde pour lui attribuer une valeur comparable à celle du Bac. Cela faisait d'elle une femme affranchie, du moins le croyait-elle.

Avoir une relation sexuelle avec son même, son semblable, relève pour elle du rite: une transgression sacrée et mystérieuse, un genre de messe noire. Ça devrait se voir, non ?

Ça lui fait bizarre de ne déceler aucun changement apparent chez Lou, aucun signe particulier qui ferait dire « celle-là est une lesbienne ». Aucune force transcendante ne s'est abattue sur Lou pour lui retirer son expression virginale de Madone médiévale. Sa pureté lui a été laissée. Cette constatation que non, ça ne se voit pas, la laisse un peu déçue.

Lou a ri en lisant dans le regard de sa sœur la question qu'elle n'ose pas poser, mais qui s'affiche au-dessus de sa tête en lettres de néon : C'est comment ? C'est bien ? C'est mieux ?

— Il m'est arrivé quelque chose d'imprévu, voilà tout.

— Un coup de foudre ?

— Si on veut, mais dans mon cas, un coup de foudre qui me laisse miraculeusement intacte.

Lou lui explique que ce qui a été déterminant pour elle au fond, c'est que rien n'était prédictible avec Margot. Tandis qu'avec les hommes, cela se passe comme si la société avait déjà tout programmé pour vous, comme dans le pire des soaps, le passage obligé par toutes les étapes habituelles : repérage, approche, parade amoureuse façon canards mais en moins bien, et hop! dans l'essoreuse pour tous, le mariage, les enfants, enfin, tu vois, une espèce de mauvaise téléréalité.

— Avec les hommes, j'ai l'impression que tout est un peu téléphoné, action dialogues et dénouement. L'enfer de l'éternel retour. Côté désir, ça n'aide pas. Tandis qu'avec Margot, ça m'est tombé dessus comme le désir d'écrire.

En attendant la rencontre dont elle n'a jamais douté, le moment où l'image se matérialiserait, elle a commencé à dessiner leur histoire.

— Il est possible que ma rencontre avec Margot s'inscrive dans l'espace mental où je crée mes BD. Un espace de liberté où tout est possible puisqu'il est à inventer.

Il s'est passé une chose qu'elle ne s'explique pas. Le désir a pris les commandes dès l'instant où Yxelle lui a raconté la scène de l'aéroport. La puissance des histoires… Dans son schéma à elle, Margot n'est pas une sauveuse, mais une invitation vivante à la suivre n'importe où. Et Lou a décidé de répondre à une invitation qui n'était pas encore partie, au mépris de la concordance des temps, avec un futur déjà là, et l'histoire avec Margot déjà inscrite dans son passé et dans son présent. La preuve, elle a envoyé à Margot le portrait qu'elle a fait d'elle avant même de l'avoir rencontrée - sa signature au bas du dessin, c'est tout, pas d'adresse, pas de numéro de téléphone. La preuve, Margot a su la trouver et le futur les a rejointes.

— Je n'arrive pas à comprendre cette histoire, aucune de vous n'est homosexuelle à la base.

— Si tu t'imagines qu'elle et moi on a compris… Margot compare ce qu'il lui est arrivé à la chute des murailles de Jéricho. Tu as entendu parler des trompettes de Jéricho ? C'est leur son et non une armée de guerriers qui a fait s'effondrer les murs de la ville. Des vibrations, rien que des vibrations. Margot prétend que la première fois que nous nous sommes embrassées, elle a senti ses murailles s'effondrer.

— La révélation en somme.

— Elle dit que ce n'est pas l'amour qui l'a frappée, mais la liberté. Margot appelle ce moment le kilomètre zéro. Elle dit que jusque-là elle avait fait tenir sa vie amoureuse dans une boîte à chaussures.

Yxelle réagit aussitôt avec vivacité :

— Margot vit depuis seize ans avec un type qui ne cesse de la tromper, la boîte à chaussures décrit bien en effet la place qu'il lui donne.

— Il ne s'agit pas de ça, mais de la liberté qu'on se donne, et que je ne m'étais autorisée jusqu'à présent que dans la création artistique. Je n'ai pas eu davantage qu'elle la révélation de qui je suis, mais plutôt du possible dont j'ai besoin, de l'espace dont je me suis privée en amour.

— Tu veux dire qu'il n'y a pas besoin de devenir homosexuelle pour faire tomber ses murailles ?

— C'est ça, ma mignonne, tu as tout compris. Lesbienne, nonne, artiste ou femme mariée, même combat. Il s'agit de faire tomber les murailles de Jéricho.

— A ce compte-là, on peut voyager dans un jardin japonais.

— Tu l'as dit, bouffie !

— Les folies dont elle est capable ne te font pas peur ?

Yxelle raconte à sa sœur l'épisode du tuk tuk, Margot nue comme un vers sur le boulevard Richard Lenoir. Lou étire un sourire d'une douceur séraphique.

— Elle te l'a dit, il s'agissait d'un rituel, pas du geste d'une nymphomane. Moi, j'interprète ça comme une mue. En abandonnant sa robe de mariée elle a fait peau neuve.

— Vu sous cet angle… »

Les deux sœurs laissent passer un ou deux anges le temps de laisser décanter un peu ce qui vient d'être dit.

— Bon, comment vois-tu la suite de l'histoire ?

— Ce qui va se passer ? Je l'ignore. Dans ma boîte personnelle, il y a une longue pratique du concubinage avec la solitude, et dans la boîte de Margot, il y a Charles et sa fille qui a seize ans. Ça ne va pas se jouer à la binaire, mon ancienne boîte pour une nouvelle. Ça va se jouer dans le nouvel espace mental qui s'est ouvert.

Yxelle ne peut s'empêcher de sourire :

— tant que tu ne seras pas binaire, je peux te garantir que tout ira bien avec Margot !

43

Léon lui a donné rendez-vous au bar de l'hôtel où il loge en attendant de pouvoir réintégrer son appartement. Léon et Yxelle arriveront ensemble pour la discussion avec leur fille. Faire passer à Bonnie le message que papa et maman sont unis.

C'est la première fois qu'ils se retrouvent ailleurs qu'à leur QG habituel.

Dès qu'elle franchit la porte à tambour et plonge dans cette ambiance de club anglais aux fauteuils profonds fleurant bon le vieux cuir, c'est pavlovien, Yxelle se sent bien, et en sécurité. Le genre d'endroit où rien ne peut vous arriver de mauvais. Une sensation si agréable, que pour un peu elle en oublierait que ce rendez-vous a pour objet de préparer papa et maman à faire front-commun face à Bonnie.

Décidément, ce n'est pas le papa de Bonnie qu'elle voit dans cet homme qui croise ses longues jambes en lisant le journal, qui lève la tête lorsqu'il l'aperçoit et déplie son corps pour se lever. Ce n'est pas le papa de Bonnie dont le parfum la trouble lorsqu'il l'embrasse et l'installe à côté de lui sur le canapé. Ce n'est pas le papa de Bonnie qui lui commande un bloody Mary après s'être assuré que c'est toujours son cocktail préféré.

— Pas trop dur de camper à l'hôtel ?

Léon lui offre un large sourire :

— On devrait tous aller vivre à l'hôtel de temps en temps, ça donne une perspective différente.

Yxelle plisse sa barre du lion :

— Une perspective géographique ?

— Fais pas ta bourrique, tu sais très bien de quoi je parle.

— Oui je sais de quoi tu parles, en passant dans la porte à tambour, je crois que je m'en suis rendu compte.

Tandis qu'elle s'éloigne du sujet comme s'il était brûlant, et relance la conversation sur des pistes sinon anodines, du moins plus neutres, Léon la regarde avec intensité. Elle ne connaît rien à la pêche, pourtant elle se sent comme le poisson qu'on fatigue en lui lâchant du fil pour le ramener chaque fois plus près. Ne pas écouter son être-poisson qui lui souffle que Léon est en train de la pêcher - tu me pécho Léon ? Quelle idée saugrenue, encore une intuition absurde se dit-elle en faisant diversion. Et Bla et bla et bla, fait Yxelle qui tente quelques sauts de carpe.

Soudain, sur le ton du chef indien qui a tranché et se frappe la poitrine avant de délivrer sa sentence, Léon dit *Assez parlé,* et l'embrasse avec fougue.

Reprendre ses esprits, c'est l'expression qui s'applique à Yxelle après le baiser d'anthologie qu'ils viennent d'échanger.

Elle ne trouve plus ses mots et répète *Qu'est-ce qu'il se passe ?* Sur le ton de *Où suis-je ?* Alors il lui répond : *En amour, plus on parle moins on dit,* et il l'embrasse à nouveau comme un fou.

Yxelle s'entend dire : *Ne me touche pas davantage, ça me fait trop d'effet* et Léon de répondre *Moi non-plus.*

Elle continue pour la forme à émettre des petites protestations dignes du pire des soap : *Ne gâchons pas tout.* Imperturbable, il prend sa main qu'il pose sur le dos de la sienne et la caresse doucement comme un oiseau. Il attend de la sentir frémir pour dire :

— Et si on arrêtait le gâchis ? Et si on arrêtait de parler et d'agir à l'envers ?

Il se penche et promène avec légèreté son nez sur son cou. Il est passé au langage de l'intimité, au chuchotement soufflé à même la peau — Plus je te respire (il la respire profondément - soupir d'Yxelle) …plus je te veux (murmuré à son oreille) et plus je … (sur sa bouche qu'il embrasse encore).

Dans un état irréversible, ils regardent en même temps la clé de la chambre posée entre leurs verres.

Le regard qu'ils échangent est celui de deux complices prêts à risquer dix ans de taule pour faire un casse.

Sans un mot, Léon s'empare de la clé, se lève, prend Yxelle par la main pour l'aider à rejoindre la station debout et l'emmène au pas de charge vers l'ascenseur.

Dans le hall, la pendule indique 17h45.

Leur rendez-vous avec Bonnie est à 18h30.

Quarante-cinq minutes d'éternité.

44

Léon et Yxelle arrivent chez Lou dans l'état de deux collégiens très en retard qui ont beaucoup couru pour éviter de se faire refouler par le Proviseur.

Lou s'est composé la tête de l'ange de la Cathédrale de Reims, Bonnie, celle du bourreau de Béthune.

Quant à Léon et Yxelle, ils sont seuls à savoir qu'ils viennent de donner une légitimé complète à la naissance de leur fille.

— Je me sens la fille d'une mère porteuse, lâche Bonnie en guise de préambule.

— Rien à voir avec une FIV ou une GPA » répond Yxelle indignée.

Léon renchérit :

— On avait un vrai projet parental, ce n'est pas toi qui vas nous dire le contraire tout de même !

— Mais vous ne vous aimiez pas » répond la petite qui en a gros sur la patate de ne pas être un enfant de l'amour.

— D'abord, Yxelle, je l'ai toujours aimée » déclare Léon à la surprise générale.

— Moi aussi j'aime Léon, dit Yxelle qui lâche les rubans.

— Vous êtes des grands malades ! hurle Bonnie, vous prétendez que vous vous aimiez et vous avez divorcé à la place de vous marier, c'est ça ?

— Là, tu caricatures, c'est plus subtil que ça, tout de même. Disons qu'on a tenté l'aventure parentale mais pas l'aventure amoureuse, nuance.

— Bande de lâches, et moi dans tout ça, comment vous voulez que je croie à l'amour ?

— Au contraire, dit Lou, tu peux te dire que tu es la fille de la princesse de Clèves. C'est un sommet amoureux, un Himalaya.

— La meuf qui préfère mourir plutôt que de se taper le mec qui est raide dingue d'amour pour elle?

— Personnellement, je pense que la princesse de Clèves, c'est une fille qui a peur de l'abandon.

À peine sa phrase terminée, Yxelle pique un fard, se rendant compte qu'elle n'aurait pas livré quelque chose de plus intime sur le divan du psychanalyste.

Saisi d'une illumination, Léon attrape Yxelle par la main et l'entraîne dans la pièce à côté en criant à la cantonade :

— Pause ! on fait une petite pause, on revient dans cinq minutes.

Une fois seuls, Léon prend Yxelle par les épaules et lui déclare avec sérieux :

— Il y a un moyen très simple de savoir si t'es une princesse de Clèves ou pas : on se marie et la question est réglée.

Yxelle se met à gémir :

— J'ai peur de l'abandon, comme elle. J'ai peur de la fin de l'amour et de la souffrance qui va avec.

— Tu n'es pas ta mère et je ne suis pas ton père. Moi, je suis le roi de la trottinette électrique.

— Eh bien chiche, on se marie et vous arrêtez tous de me traiter de princesse de Clèves !

— À la mairie on ne dit pas chiche, on dit oui. J'ai envie de t'entendre me dire oui.

— Ça tombe bien, j'en ai marre de dire non.

— On y retourne, on leur dit ?

— Oui, on leur dit.

Léon lui tape un *check* dans la main, puis l'attrape avec souplesse pour esquisser quelques pas de valse, l'enveloppant de son corps telle la volute de fumée sur les paquets de Gitane.

Trop absorbés par la décision qu'ils viennent de prendre, ni l'un ni l'autre ne prête attention à une planche de dessins sur le bureau de Lou.

En s'approchant d'un peu plus près, ils auraient pu reconnaître le même visage que celui entraperçu dans le bureau de Margot.

Avec davantage d'attention, ils auraient pu comprendre que Lou a fait de Margot l'héroïne d'une BD dans laquelle elle raconte l'histoire d'une rencontre entre deux femmes, une rencontre qui n'a pas encore eu lieu, une histoire qui va advenir.

Une histoire qui s'est imposée à Lou non pas comme une fiction, mais comme un autre plan du réel.

45

Un mois plus tard le mariage a lieu à la mairie du onzième arrondissement.

Un mariage civil que les mariés ont voulu intime, en présence de deux seuls témoins - Lou et Sandra - et de leur fille. La question qui a préoccupé Bonnie par rapport au mariage de ses parents était relative à la tenue de sa mère. Allait-elle porter la robe de mariée qui trônait toujours dans le salon. — Elle est pour toi, a répondu Yxelle, on va la ranger bien à l'abri dans sa housse en attendant le jour de ton mariage.

Sourire de satisfaction de Bonnie que son futur mariage imaginaire, dont elle aime se passer le film mental, fait bien plus rêver que celui de ses parents. Léon, Yxelle et Bonnie sont arrivés ensemble et à pied à la mairie. Non mais quelle misère, se dit Bonnie qui se promet le jour venu d'arriver avec une heure de retard dans une calèche tirée par des chevaux blancs - non, plutôt noirs pour mieux contraster avec la robe. Lou les attend sur la place Léon Blum.

Les femmes portent des robes d'été et Léon a revêtu pour la circonstance un costume en lin clair et une chemise sans cravate. Ils sont élégants sans être endimanchés. Yxelle a le sentiment d'être revenue à cette tradition ancienne où les femmes portaient leurs atours ordinaires pour se marier.

Sa robe, qu'elle a choisie d'un beau rouge, sera facile à porter en toutes circonstances.

Le groupe n'attend plus que Sandra sans laquelle la cérémonie ne peut commencer.

Justement, elle aura cinq minutes de retard mais prévient qu'elle va arriver, ils n'ont qu'à s'installer dans la salle des mariages.

Assis dans leurs beaux fauteuils de velours incarnat, à l'avant d'une salle d'apparat décorée de boiseries, à eux quatre ils ne remplissent même pas le premier rang. Bonnie est choquée d'un tel dépouillement qui laisse penser qu'ils sont des parias de la société, des sans-amis comme elle dit. Pour son mariage, il y aura au moins trois cents personnes, triées sur le volet, parce qu'avec tous les amis qu'elle aura engrangés d'ici là sur Facebook et Instagram, le choix va être cruel…

Au moment où l'adjoint au maire rentre dans la salle, Sandra fait son entrée et vient prendre sa place à côté du marié. Alors que l'Adjoint au Maire prend son inspiration pour entonner son petit discours, une mariée en robe de princesse pénètre dans la salle et va s'asseoir au deuxième rang, suivie d'une, puis dix, puis cent mariées en robe blanche qui s'engouffrent à sa suite.

D'un coup d'un seul, la salle des mariages se trouve remplie comme un œuf, et toute bruissante des étoffes qui se frôlent et des chuchotements de celles qui les portent.

Sandra n'a pu résister à la tentation du scoop: révéler dans les pages de son journal le mariage des deux héros de la soirée « Mariées en folie », et offrir à ses lectrices le succulent spectacle de cent mariées expansées comme une cascade de chantilly dans la salle des mariages. On se croirait à une mousse party. Un photographe est présent et un caméraman également pour immortaliser un si improbable lâcher de mariées.

Léon explique à l'adjoint au maire resté bouche bée, que celle qu'il faut marier est facile à reconnaître, elle ne porte pas de robe de mariée, c'est la femme en rouge.

Bonnie est dépassée par cette vision qui lui fait l'effet d'une photo en négatif, tout est inversé dans ce mariage.

Assise sagement à côté de la mariée, Lou arbore un sourire mystérieux et s'assure que son téléphone est éteint.

La cérémonie se déroule rapidement, d'autres mariées attendent leur tour, l'usine à mariages va tourner toute la journée. Lecture du Code Civil article 212 : Les époux se doivent mutuellement respect fidélité secours et assistance.

A la lecture de l'Article 215 qui prévoit que les époux s'obligent mutuellement à une communauté de vie, Yxelle se rend compte qu'ils n'ont pas évoqué l'hypothèse d'un domicile commun. Dans son esprit, rien ne doit changer, chacun chez soi et des escapades le week-end ou des rendez-vous impromptus à l'appartement où Bonnie ne réside pas. C'est un luxe qu'elle souhaite préserver, surtout pas de vie commune avec une adolescente à plein temps sous le même toit. On ne saurait être trop prudent, surtout avec une ado aussi douée que Bonnie.

Lorsque l'adjoint au maire envoie l'article 371-1 d'une voix monocorde, Bonnie redresse l'oreille au passage relatif à la question de l'autorité parentale qui doit s'exercer sans violences physiques ou psychologiques. Lorsqu'il est dit que les parents associent l'enfant aux décisions qui le concernent, selon son âge et son degré de maturité, elle sourit, l'air de penser que tous les enfants devraient être présents au mariage de leurs parents… histoire de mieux connaître leurs droits.

Ils sont mariés, c'est fait. Le registre est signé par les mariés et les témoins, et la salle vibre des applaudissements et des hourras des mariées déchaînées.

Tout de même, l'officier d'état civil a dû réitérer la question solennelle, parce que les mariées ont toutes répondu *oui* en même temps qu'Yxelle.

Une fois dehors, les nouveaux époux, en tête d'un cortège froufroutant, lèvent les yeux vers la statue de Léon Blum qui leur jette par-dessus son épaule, un regard dubitatif derrière ses lunettes rondes cerclées de fer, signe distinctif des intellectuels de gauche de la quatrième République. Le message est clair, Léon Blum leur conseille de s'arracher de là fissa.

Léon et Yxelle ne se le font pas dire deux fois, travaux pratiques de l'article 212 sur le devoir de secours et d'assistance. Léon va chercher une trottinette et enlève son épouse en douceur, à petite vitesse, pour un voyage de miel.

Vu du ciel, (Sandra a loué un drone pour l'occasion) on peut voir un couple en trottinette poursuivi par une foule de mariées en délire courant après eux pour leur jeter du riz, des pétales de rose et des confettis. Et Lou devant la mairie consulter ses messages. Elle semble attendre quelqu'un.

Une voiture stoppe devant la mairie, la vitre descend côté chauffeur et une jolie main au bout d'un bras nu fait signe à Lou de monter. On peut entendre Lou demander :

— Tu as pris ta voiture ? Pour aller où ?

Une voix de femme lui répond :

— Loin, très loin.

— Sans bagage ?

— Les valises restent à la maison, et nous, nous partons en voyage. On achètera ce qu'il faut en route.

Léon Blum regarde ailleurs.

À PROPOS DE L'AUTEURE

Avocate dans une autre vie, à écouter des êtres se débattant dans les difficultés de la vie, à essayer de comprendre ce qui s'est passé, et à remettre de l'ordre dans des récits en vrac, Sylvie Etient infusait des romans…

Restait à les écrire.

- 2017 Rose, reçoit le prix des lecteurs Monbestseller 2017 et sera publié en juin 2018 par Carnets Nord.
- 2019 : NYPC - Not Your Prince charming.
- 2020 : Ce qu'elles préfèrent dans le mariage…
- 2022 : Déclaré absent.
- 2023 : La robe.

Réedition de Ce qu'elles préfèrent dans le mariage… sous le titre "La robe"

A venir : la suite de Rose qui s'intitulera Rose au pied des vignes

A travers ses romans Sylvie Etient livre des portraits de femmes au midi de leur vie.

Parce que l'âge de cinquante ans est un âge d'or.

Des romans *feel good* rythmés, lucides et joyeux.